小説 —

女上司は半熟

庵乃音人

竹書房ラブロマン文庫

目次

※この作品は竹書房ラブロマン文庫のために
書き下ろされたものです。

序章

「いらっしゃいませ」

「いらっしゃいませぇ」

爽やかな春風が、満開の桜を揺らしていた。抜けるように澄んだ青空が一点の曇りもなくひろがっている。

四月も終わりの、ぽかぽかと暖かな平日だった。ランチタイムを終えた店内は、いつものように閑散としている。

(こんなんじゃだめなんだけどな)

高端圭太(たかはたけいた)は、入ってきた客にアルバイト店員と一緒に挨拶をしながら、こっそりとため息をついた。

たしかに駅前の繁華街からは、いくぶん離れた場所ではある。しかしだからと言って、こんな状態に甘んじていてよい店ではない。

関東地方はX県の小都市に店がオープンしたのは、二年前のこと。

エキチカではないとはいえ、周辺には住宅が密集しているし、近くには昭和の昔からつづく商店街だってある。

場所柄なり、ショップのブランド力なりのポテンシャルを考えるなら、もう少し客が入ってもいい店のはずなのだ。

開放的なガラス窓から麗らかな陽光の射しこむここは、カジュアルなコーヒーチェーン店「夏川珈琲」××店。

全国北から南まで、じつに六五八店ものフランチャイズ店に加え、直営ショップも百数店と、日本有数の店舗数を誇っている。

圭太はそんな店で、フロアマネージャー兼現場チーフを務めていた。

今年三十歳になった彼は、一念発起してこの道に入った脱サラ組だ。夏川珈琲でいろいろと学んだら、いつかは独立してオリジナルなショップ経営に駒を進めたいという夢を持っている。

学生時代から、とにかくコーヒーが大好きだった。

コーヒーショップでアルバイトをして貯めたお金で、世界のコーヒー豆産地を旅してまわったことさえあるほどだ。

コーヒーに関する知識や愛情は、誰にも負けないぐらい持っている。そんな圭太がこの店をもっとなんとかしたいと思うのは当然のことだった。

しかもこの××店は本部直営百数店舗の内、切りのいい百店目となった本部でも期待のショップなのだ。

だからこそ、本部もついに見かねて、てこ入れに動いたのであろう。

「きませんね、新しい店長」

客への応対を終えたアルバイトスタッフが、並んでいた圭太に小声で囁いた。

笑顔の愛くるしいこの娘は、町田杏奈（まちだあんな）。半年前から働くようになった、二十歳（はたち）の女子大生である。

「ああ、そうだね」

たしかに杏奈の言う通りだった。じつは圭太もさっきから、そのことを気にしながらさまざまな仕事をこなしていた。

一身に期待を集めて着任した前店長は、思うような結果を残せず異動した。今日はそんなこの店に、本部から新店長が挨拶にやってくる日なのだった。

ちなみに夏川珈琲直営店の店長は、東京にある本部から派遣された社員が務めることになっていた。一方で店舗スタッフは、ほとんどが各店が独自に採用した者ばかり。

もちろん圭太も、そんな現地採用組の一人である。

「なんでも、すごいエリート社員さんらしいですよ、今度の店長って」

杏奈は興味津々（しんしん）という顔つきで目を輝かせ、隣の圭太に耳打ちをした。

微かな芳香が、ふわりと鼻腔に飛びこんでくる。

香水は禁止されていた。

つまりこのフレッシュなアロマはそうした類（たぐ）いのものではなく、みずみずしさあふれる二十歳の女体から滲みだすナチュラルな香りということだ。

「誰から聞いたの？」

可憐な娘が無防備に放つ、ボディソープだかなんだかの匂いにドキドキしながら何食わぬ顔をして圭太は聞いた。

不覚にも、美人女子大生がふりまく初々（ういうい）しいフェロモンに、ついクラクラときそうになる。

「まえの店長が言っていました。出世組のエリートさんで、真面目で、しかもとっても厳しいって」

「そうなんだ……」

前店長ともそれなりに長い付き合いだったが、圭太にはそんなことひと言も話してくれなかった。

杏奈の情報収集力に感心しながら、圭太は改めて別のことも思っていた。「やっぱり杏奈ちゃんって、きれいな娘だな」などと。

前妻と別れたつらいあの日から、早三年。圭太は一念発起して会社に辞表を出し、退路を断つ気持ちでこの道に入った。

新天地を求めていた矢先、期せずしてオープニングスタッフを募集していたこの店と出会えたことは、天の采配だとすら思っている。

脇目もふらずに働いて、コーヒーの勉強に明け暮れた。

だが言うまでもないけれど、仕事一筋で女性にはまったく興味や関心がないというわけではない。健康そのものなのだから、当たりまえの話である。

しかも相手が杏奈のように魅力たっぷりな娘なら、どうしたって見とれたりしてしまうのが男としては自然だろう。

どこかにまだあどけなさを残した、キュートな顔立ちが印象的だった。

アーモンドのように切れ長な瞳が笑うと線のように細くなり、垂れ目がちになるギャップにも男の胸をキュンとさせるものがある。

艶（つや）やかな黒髪をショートカットにしているため、どこかボーイッシュな雰囲気もあった。

この年ごろの女性でしか醸(かも)せない、そんな中性的な佇(たたず)まいもチャーミングである。

鼻筋がすっと高かった。

唇はぽってりと肉厚で、サクランボのようにプルンとしている。抜けるように白い美肌も、この娘の可憐な魅力にイノセントな高貴さを付与していた。

(それに……このスタイルの良さ)

圭太はついチラチラと、制服に包まれたボディラインにも視線を這わせた。

すらりと伸びやかな肢体を持つ女性だった。細身ながらもスタイルの良さには格別なものがあり、手も脚も惚(ほ)れ惚(ぼ)れするほど長くて形がいい。

将来は、フライトアテンダントを志望しているという話だった。ビジュアルだけでもの申すなら、一も二もなく速攻採用というレベルである。

そんな、空の仕事も十分可能なモデル並みの肢体を包んでいるのは、夏川珈琲の機能美溢れるユニフォームだ。

白い生地にグレーのストライプが走った半袖シャツに、黒のスラックス。

腰には濃いグレーのエプロンを巻き、シャツの左胸には店名ロゴと自分の名前の書かれた小さなプレートをつけている。

半袖シャツの胸元を、伏せたお椀を思わせる美麗なおっぱいがこんもりと盛り上げていた。目測ではFカップ、八十五センチといったところか。スレンダーな身体つきにも似合わない量感たっぷりの美巨乳は、杏奈がちょっと動くたび、ユッサユッサと重たげにはずむ。

（いかん、いかん）

あわてて杏奈から視線を剝がした。俺としたことがと心の中で舌打ちをする。

客が少ないのをいいことに、十歳も年下のアルバイトの娘に鼻の下を伸ばしていてどうする。そんな暇があったら働け働けと自分を叱咤し、カウンターを抜け出してホールに出ようとした。

「あ、チーフ……」

そんな彼を杏奈が呼び止める。

「うん。なんだい」

「あ、あの……えっと……」

「……？」

「今夜……」

「えっ？」

接客カウンターの中で、杏奈はモジモジとした。だが結局、取り繕(つくろ)ったような笑顔になって言う。

「あ……な、なんでもないです。すみません」

「そ、そっか。うん……」

かわいく笑う杏奈に心の中で首をかしげながら、圭太はカウンターをあとにした。

なにか相談でもあるのかなと気にはなったが、今はとにかく目のまえの仕事だ。ラウンドチェックをするべく、目を皿のようにして巡回をはじめる。

ラウンドチェックとは、客が快適に過ごせるよう店内を見てまわる業務である。

この店の席数は、六十三席。お昼どきには満員になることもあるものの、人の波が引いた今は、五分の一も埋まっていない。

(なんとかならんかな)

客が少ない店内は、当然活気がなかった。テーブルにノートPCを開いたまま、居眠りをしているサラリーマンらしき中年男もいる。

奥の方の席に、コーヒーカップやトレイが置きっぱなしになっているのに気づいた。

セルフサービス方式の店ではあるのだが、いつだって一定数、ルールを守れない客がいるのはいたしかたない。

片づけようとする席の隣では、二十七、八歳ぐらいの女性がノートPCに向かってきびきびとした動作で仕事をしていた。

ネイビーのシャープなスーツ姿。

クールなスクエア型の眼鏡をかけ、いかにもできる女然としたキャリアウーマンオーラを放散している。

よけいな音を立てて仕事を邪魔しないよう気遣った。コーヒーカップとトレイをピックアップし、ゴミを拾ってダスターをかける。

テーブルと椅子の乱れも直した。片づけたトレイなどを手にその場を去ろうとする。

「あの」

そんな圭太に、硬い声が飛んだ。ギョッとして、声のした方を見る。

眼鏡のキャリアウーマンが、キーをたたく指を止めることなくノートPCに向かっていた。艶やかな黒髪をアップにまとめ、白いうなじを剝き出しにしている。

「は、はい。なにか」

圭太はあわてて笑顔になった。しかし女性は、彼の方に目を向けようともしない。

「ゴミ」

小さな声でボソリと言った。

「えっ」

「テーブルの下です」

ひんやりとした調子で口にされ、女性が座るテーブルの下を覗きこむ。

ゴミなど落ちていなかった。

膝丈のスーツスカートから伸びる、ちょっとムチムチしたセクシーな美脚が、思いがけない鮮烈さで目に飛びこんでくるばかりである。

黒いパンプスに包まれた脚の先にも、ゾクッとくるような色香があった。

「違います。隣」

女性の言葉遣いは、ますますいらだちの気配を帯びた。顔を上げ、あきれたように圭太を見る。

「と、隣。あ……」

指摘された圭太は、たった今片づけたばかりのテーブルの下を覗く。するとそこには、使用済みらしきガムシロップの容器が転がっていた。

「申しわけありません」

恐縮した彼は膝を折り、床に転がる容器を拾い上げた。女性はこれ見よがしなため息をつき、ふたたびＰＣに向き直る。

「ご指摘、ありがとうございました」

圭太は背筋を伸ばし、居住まいを正して腰を折った。

ちょっと生意気な感じの客ではあるが、決して難癖をつけられているわけではない。落ちていた容器を見逃していたのは事実であり、こちらのミスである。

「こんなことだから……なかなかお客様のご支持を得られないんじゃないですか」

きびすを返して去ろうとすると、ふたたび圭太の背中にひんやりとした言葉が飛んだ。しかもその指摘は、一介の客としてはなんだか変である。

「えっ」

眉をひそめてふり返る。スーツの女性がこちらを見た。スクエア型のレンズの向こうから、キリッと締まった鋭い目つきで圭太を見上げる。

不意をつかれた。

じつに端整な美貌だった。しかもよくよく見ればその胸元は、信じられないほどダイナミックに盛りあがり、はち切れんばかりになっている。

Fカップサイズを誇る杏奈より、さらに豊満で迫力があった。

「カウンターでアルバイトの子に見とれている暇があったら、ほかにもやるべきこと、やらなきゃならないことは山ほどあると思いますが」

棘を潜ませた硬い声で、年下らしき女性は言った。

「あ……」

圭太は息を飲む。

自分の不用心さを今さらのように悔いた。待っていた「その人」がどんな登場のしかたで現れるかなんて、これっぽっちも考えていなかったのだ。

「心を入れ替えてもらわなきゃならないこと、いろいろあるかもしれませんね」

そんな圭太に、クールな面持ちでさらに彼女は言う。

「うう……あ、あなたは……」

反駁(はんばく)など気やすくできない、厳格な口調であった。睨んでみせる目元にも、気圧(けお)されるほどの迫力がある。

圭太はチラッとカウンターのほうを見た。

すると杏奈も眉をひそめて、こちらの様子をうかがっていた。

これが今日から上司となる年下の新店長、水野花映(みずのかえ)と圭太の、最初の出逢いだった。

第一章　クールな女上司

1

新店長が着任してから、早くも一週間が経っていた。

「だ、大丈夫かい……」

圭太は気遣う。

休憩室から出てきた杏奈は、その目を真っ赤に泣きはらしていた。

客の目もあるのだから、こんなに泣かしてどうするのだと抗議したい気持ちはあるものの、言っても無駄だということもわかっている。

だが、それでも言わずにはいられないのが圭太という男だったが。

「はい、平気です。すみません」

杏奈は気丈に笑顔を作り、かわいく鼻をすすった。

さっきまではラウンド担当だったが、休憩後のこれからは食器洗浄のポジションに移ってもらうことになっている。

夏川珈琲のスタッフには、レジ打ち、ドリンク作り、フード調理、食器洗浄、仕込み、ラウンドなどの作業があった。

シフトによっては一人のスタッフに複数の業務をかけもちしてもらうこともあるが、基本的には各業務を二時間ほど務めたら、休憩のあと、別のポジションにまわってもらうようになっている。

杏奈のポジション変更も、そんなマニュアルに従ってのものだった。

だがもしも、一部始終を見ている客がいたら、上から怒られて持ち場を変えられたようにしか見えないだろう。

(だいたい怒りすぎなんだよ)

持ち場に向かった杏奈のか細いうしろ姿を見送り、圭太はため息をついてホールを離れた。

バックヤードは雑然としている。細い通路を急ぎ足で歩き、事務室に向かった。

ノックをしても返事はなかった。

「失礼します」

ひとこと断りを入れて中に入る。狭い事務室では、ユニフォーム姿の花映がノートPCに向かって作業をしていた。

「店長、ちょっとよろしいでしょうか」

問いかける声は思わず硬くなった。

花映が新店長としてやってきてから、毎日のようにくり返される彼女と圭太の不穏なバトルが今日もはじまる。

「なんでしょう」

「町田さんの件なんですが、なにもあんなに叱らなくても」

圭太は抗議した。

ラウンド業務を担当していた杏奈は、店にやってきた女子大の友人たちと、ほんの短時間、他愛もないおしゃべりをしただけであった。

しかも圭太が見る限り、杏奈は嬉々としてというよりも、友人たちに声をかけられ、しかたなく相手をしていただけのようにも思える。

しかしそんな杏奈に、今日も花映は容赦がなかった。

さすがに客の目の届かないバックヤードのことではあったが、恐怖にかられて立ちすくむ杏奈をきつい口調で叱り、泣くまで許さなかった。

花映がそんな風にアルバイトスタッフをつるし上げるのは、もはや連日のお約束のようになっている。

この店のアルバイトは、主婦や学生、フリーターが中心だったが、四十代のある主婦などは、年下の花映に強い調子で叱責され、腹にすえかねてあっという間に辞めてしまったほどである。

ただでさえ人材難に悲鳴を上げ、綱渡りでなんとかシフトを組んでいる現場責任者としては、黙認したくてもできない状況だ。

だから、杏奈のことで圭太が抗議をしようと思ったのも、決して彼女への個人的な親近感だけが理由ではない。

「どうして叱ってはならないのですか」

いつものようにPCの画面を見つめたまま、感情のこもらないクールな顔つきで花映は聞いた。

「いえ、叱ってはだめだと言っているんじゃありません」

圭太は訴える。

「ただ、あんなに泣くまで怒らなくてはならないほど、町田さんは悪いことをしたんでしょうかという話です」

「その判断は、店長である私に委ねられているのではないでしょうか」

今にも鼻さえ鳴らしそうな感じで花映は答えた。圭太を見上げる。眼鏡のレンズがキラリと光った。

「気の緩みが認められるスタッフにさらなる奮起を求めるのは、責任者が果たすべき当然の義務だと思いますが」

「そ、それはそうかも知れません。でも私も、町田さんとお友だちが話をしている様子を見ていましたが、あれは気が緩んで友だちとしゃべっていたわけではなく、あくまでも、お店にきてくれたお客様を――」

「そんなことより」

いよいよ本格的にはじめようとした圭太の抗議を、花映はよく響く涼やかな声でピタリと止めた。

「例のイベント。交渉は進んでいますか」

「えっ。あ、はい。なんとか、進めています」

話の腰を折られた圭太は感情の持って行き場にとまどいながら、ぐっとこらえて返事をする。

こんな風に門前払い的な扱いを受けるのも、今日にはじまった話ではなかった。抗議に出向く圭太と、一顧だにせず鼻であしらう女店長。自分たちの間にできあがりつつある不本意な構図に、圭太は焦燥する。

「十分後に十五分ほど時間を作ります。現時点の進捗（しんちょく）を報告にきてもらえませんか」

細い黒革の腕時計で時間をたしかめ、決定事項のように花映は言った。

「わ、わかりました。ですが店長」

「では十分後に」

なおもつめよろうとする圭太に、クールな表情のままダメ押しのひと言を告げる。

圭太はそんな花映にげんなりしながらも、表面上はとりつくろい、折り目正しく頭をさげて空しく事務室をあとにした。

花映が話題にした「例のイベント」とは、新店長が着任早々打ちだした店舗活性化のための新プランだった。

花映は話題作りと客よせを目的に、これからは一か月に一度、××店独自のイベント企画を開催し、積極的にＰＲしていくと発表したのである。

その話を耳にした本部が、花映の方針に相当な難色を示したにもかかわらずだ。

イベントの内容は多岐にわたった。

たとえばプロの落語家を招聘(しょうへい)しての落語会や、ミニコンサート、著名文化人の講演会や、地元寺院の僧侶による仏教講話や写経の会など、季節にあわせて多彩なプログラムを実現させ、集客に繋(つな)げていきましょうという話になっている。

圭太はその企画の責任者に任命され、ただでさえ多忙な毎日がさらにあわただしくなっていた。

記念すべきイベント企画の第一弾は、地元のセミプロミュージシャンたちに集まってもらっての「夏川珈琲　春のジャズナイト」。

五月末の一夜だけ、店のレイアウトを変えて即席のステージを作り、おいしいコーヒーと簡単なフード類を楽しんでもらいながらジャズを聴いてもらおうということになっている。

圭太は出演を依頼したミュージシャンや仕事を受けてくれた裏方スタッフたちと、フロアマネージャーの仕事をこなしながら、合い間をぬって数々の打ち合わせをこなしていた。

「人使い、荒いよね、まったく……」

思わず知らず繰り言がこぼれた。

たしかに花映は優秀のようだが、とにかく人当たりが悪く、なにかと角が立ちやすい。彼女とスタッフたちの間に立つ身の圭太としては、毎日が痩せ細る思いだった。

「いらっしゃいませ」

ため息をつきつつ、バックヤードからホールに戻る。

たとえなにがあろうとも、客のまえに戻ったら元気さと笑顔が基本。ラウンドの仕事を手伝おうと、圭太は作り笑顔を貼りつけてホール内のチェックをはじめた。

「忙しそうね、マネージャー」

そんな圭太に、ニコニコと声をかけてくる客がいた。

「藤田さん」

圭太は客に向き直り、さらなる笑顔になってみせる。

藤田春子、三十九歳。

むちむちの熟れ女体と、見る者をゾクッとさせる妖艶な笑顔、ウェーブのかかった栗色のロングヘアーが印象的なこの人は、店がオープンしたころから足繁く通ってくれている、数少ない常連客の一人。

知る人ぞ知る、このあたり一の資産家未亡人だ。

いつからかフランクに話をする仲になり、閑古鳥が鳴く時間帯には、顧客サービスの感謝とともに長話に興じることもあった。

もちろん花映がこの店でにらみを利かせるようになるまえの話である。

「ええ。まあいろいろ。ほんとにいろいろありまして。あはは」

圭太はかゆくもない頭をかき、自嘲的に笑ってみせる。内部のもめごとも、現時点ではまだオープンにできないイベント企画のことも、他言は御法度だ。

いや、上に立つのが花映でなければ、春子になら最低限のことぐらいは話してもよい気もする。

それぐらい、圭太はこの常連の熟女を信じてもいたし好意も抱いていた。彼女もまた大のコーヒー好きで、いろいろとマニアックな話ができた。

だが万が一、仲よく話している現場を目撃されでもしたら、またあれこれとうるさくつつかれかねないことを思うと、いやでも口は重くなる。

「けっこうたいへんなの？　新しい上司。あのきれいな人」

春子はコーヒーを飲みながら、茶目っ気たっぷりに小声で聞いた。勘のいい彼女は店のスタッフたちの変化に、早くからめざとく気づいている。

「ええ。いやまあ……どうでしょう。はは」

圭太は笑顔を引きつらせつつ、無難な対応に終始した。

春子は目を細め、そんな圭太の心の内を見透かそうとでもするような表情で、腕を組み、椅子に背中を預けると、脚まで組んで彼を見る。

（うう、春子さん。そのポーズはちょっと）

作り笑いで春子を見ながら、圭太は今日も目のやり場に困った。

もともとが、いつだって目のやり場に困るような官能的な肉体の持ち主だった。

もっちりと肉感的な熟れ女体はどこもかしこもやわらかそうで、しかも色白なナイスボディ。

男なら視線を釘付けにせずにはいられないエロチックな凹凸感に富みながら、完熟果実顔負けの甘い匂いを放っている。

とりわけ圭太が視線と心を奪われるのは、二度見、三度見も必至といえる、Hカップサイズの爆乳だった。

小玉スイカかマスクメロンかと言いたくなるほどの豊満さをたたえた二つの盛りあがりが、いつも胸元でたっぷたっぷと揺れている。

そんな超弩級のたわわなおっぱいが、十字にクロスした二本の腕にせりあげられ、いびつにひしゃげて飛び出していた。

組んだ腕へと重たげに乗っかる乳房は、溢れ出したゼリーが腕にせき止められているような眺めにも見えた。

そうした爆乳が無防備に、かつ小刻みにフルフルと揺れているのだから、男としては眼福至極――ではなかった。勤務中にガン見することは厳禁のタブーな眺めであった。圭太はあわてて春子の胸から視線を逸らす。

「でも、なんだかまえにも増してお店の中、とっても清潔感が増したし、みんなまえよりてきぱきとがんばって働いている気もする。いい意味でピリッとした緊張感があって、だるだるなお店より、利用者としてはよっぽど好感が持てるわよ。これ、ほんとの話」

オロオロする圭太に、さらに小声で春子は言った。

なるほど、客はそう感じているのかと、それはそれで勉強にも参考にもなる。だがとにかく、今のこの店では客との長話はデンジャラスだ。

「すみません、春子さん。ちょっと今、まえみたいにいろいろとお話することは」

「できないのよね。わかってる。フフ。あなたもいろいろたいへんね。でも……」

それだったらと呟き、春子はちょっと考えてから身を乗り出した。

「よかったら、遊びにいらっしゃい」

「えっ」

「気晴らしを兼ねてくるといいわ。たまにはこっちが接待してあげる」

そう囁くと、春子は手元のバッグから手帖とペンをとりだした。

なにごとか、サラサラと書きはじめる。見ればどうやら住所と電話番号のようだ。

するとやはり、自宅に誘ってくれているのか。

「は、春子さん」

「ほら、長話はだめなんでしょ。がんばって、圭太くん」

とまどう圭太に、もう行きなさいと言うようにヒラヒラと手をふった。色っぽい笑顔になって春子は言う。

もちろん圭太の片手には、さりげなくメモ書きの紙片を握らせていた。熟女が両手をふるたびに、胸元のふくらみがたゆんたゆんと重たげに跳ねる。

(うおお……)

「いらっしゃいませ」

「あ……い、いらっしゃいませ」

新たに入ってきた客に、ほかのスタッフにつられて元気よく挨拶をした。

目顔で春子に一礼する。

目についたゴミを手早く回収しながら店内をまわり、返却口に置かれていた食器を厨房にさげようとした。

もう一度ふり返り、チラッと春子を見る。

春子は満面の笑顔になり、媚(こ)びたようにウィンクをすると、投げキッスまで飛ばして圭太に応えた。

圭太はそんな春子に会釈をし、気づかれないように肝(きも)に銘じた。

——常連のお客様からのお誘いだ。一度ぐらいは招待を受けるのもやぶさかではない。でもそれは、あくまでも仕事。いくら春子さんが魅力的だからって、つい気を緩めておっぱいをジロジロ見たり、上司の悪口を口にしたり、業務上の秘密を暴露したりするのはなにがあってもNGだぞ、おい。

一人でウンウンとうなずき、フード調理のフォローに入ろうとした。

見れば食器の洗浄をつづけながら、杏奈はなおも鼻をすすり、時折目元を拭(ぬぐ)っていた。

2

「しかし、すごいお家ですね。ひっく。あ、すみません……」

春子の邸宅を訪れたのは、それから数日後の夜だった。

要塞さながらのリッチな屋敷は、圭太の勤める夏川珈琲××店から、徒歩にして二十分ほどの距離にある。

小高い丘の上にある、界隈では有名な高級住宅街の一角。

夜空をバックに佇む豪邸は、まさに白亜の城という呼び名がふさわしいゴージャスさだった。

「まあ、無駄に広いことはたしかよね。一人で暮らすには、ちょっと広すぎ」

差しつ差されつで圭太と酒を酌み交わしながら、肩をすくめて春子は言った。

白亜の城塞はそのデラックスな外観だけでなく、室内までもが清潔感溢れるホワイトカラーで統一されている。

二人はそんなお屋敷の、広々としたリビングルームにいた。

テニスコート一面分が、まるごとすっぽりと収まりそうな広さである。

開放的なガラス壁が部屋の片側一面にひろがっていた。分厚いガラスの向こうに見えるのは、圭太たちが暮らすこの街の夜景である。

はるか彼方まで、無数の明かりがきら星のごとくつづいていた。

こんな景色を毎日見下ろしながら暮らしていたら、選民意識が強くなるのがふつうであろう。

しかも眼下にひろがる広大な眺めだけでなく、室内もまたため息が出るような豪奢さだった。

白い床にセンスよく置かれたアンティーク風のテーブルと椅子のセット。さりげなく部屋のそこここに配置された、ずいぶん高級そうに見える珍しい観葉植物たち。

リビングは吹き抜けで、白い階段が二階へとつづいている。

二階の壁もガラス仕様で、春子によればその部屋は、専用プロジェクターなどを導入した、映画を見るためだけの特注ホームシアターだという。

その上、なんだ、この極上な甘みとコクに満ちたおいしいワインは。フランスはブルゴーニュ地方で醸造された赤ワインらしかったが、圭太はこんなにおいしい酒を生まれて初めて口にした。

春子はこんな高級ワインを、当たりまえのように飲んでいるのか。

「春子さん。失礼ですけど、このワイン……いかほどのお品で」

品のない質問であることは百も承知だが、酔いも手伝って圭太は聞いた。

そんな風に質問せずにはいられないほど、口の中にひろがるワインの味は超絶的なうまさを感じさせる。

「えっ、マジ・シャンベルタン？　そうね、たしか……」

思い出すように天を仰ぎ、春子は三本の指をピンと立てた。なるほど、やはりおいしいわけである。

「ですよね、三万円かぁ……」

「ううん、三十万」

「はあはあ……えっ！」

さ、三十万⁉　もしかしてこのかた、今、三十万とおっしゃった⁉

「それにしても……やっぱりいろいろあったのね」

「あ、あう……あう、あう、あう……」

新たなワインを圭太のグラスに注ぎながら、彼の職場環境に同情を禁じ得ないというような苦笑とともに春子は言った。

この屋敷を訪ねるまえに、何度も固く心に誓った「絶対口にすべからざること」などというタブー事項はどこへやら。

飲むほどに、酔うほどに、いつしか圭太は饒舌になっていた。

春子の巧みな誘導尋問のせいもあり、気づけばあれもこれもと職場のことを暴露して、日ごろの憂さを晴らしている。

三十万もするらしい超美味なワインやおいしい料理の数々も、圭太の口をなめらかにすることに一役も二役も買っていた。長方形のテーブルの上には、未亡人があれこれと用意してくれた豪勢な料理が所狭しと並んでいる。

ガーリックの香ばしい香りに食欲をそそられるラムチョップソテー、コリコリした食感があとを引く砂肝のアヒージョ、チリパウダーのスパイシーな味つけにセンスのよさが感じられるローストナッツ、などなど。

どれもみな驚くばかりの絶品さで、そんな料理の数々にも、ワインと同様、圭太はハートと胃袋を鷲づかみにされていた。

しかも一緒にテーブルを囲んでくれているのは、誰であろう春子である。

美熟の未亡人は、一足早く夏を感じさせるノースリーブのエレガントなワンピースをまとっていた。

室内にはほどよく空調が効いているため、寒くはないのだろう。

ふわっとしたシルエットが女性らしさを感じさせる、花柄の白いワンピースだった。

しかし胸元だけはやはりどうしても窮屈そうで、たわわなおっぱいが内側からはちきれんばかりにふくらんで、ワンピースの生地を突っ張らせている。

「そ……そうなんです。あの人、サドですよ、サド……ひっく。なにしろ、泣くまで許しませんからね、アルバイトの子たちのこと」

圭太は春子の胸元から視線を逸らして言った。

いささか呂律(ろれつ)が怪しくなりだしてきたことは、本人としても自覚している。だがいったん溢れ出しはじめた花映への悪口は、もはやどうにも収まらない。

「正直、あんな人の下では働きたくなんてないですね、俺は」

「そうよねぇ。でもさ、結果としてはお店の中がピリッと締まって、まえよりキビキビと働いてくれるようになったんでしょ、アルバイトのみんなも、新店長のおかげで」

春子はワインの酔いでほんのりと、色っぽさ溢れる癒やし系の美貌をさらにセクシーに紅潮させていた。

とろんとなった瞳が官能的に潤む姿にも、いつもより何割増しかのエロスが感じられる。

「そ、そりゃまあ……そうですけど……」

春子の指摘に、唇をすぼめて圭太は答えた。

「でも……なんて言うんですかね。ともに働く仲間たちへの愛情とか敬意とか、そういうもんがまったく感じられないんですよ。大事じゃないですか、そういうことって」

「もちろん大事だと思うわよ。でもさ、××店の建て直しを命令されて本部から派遣されてきたわけでしょ。花映さんだって、心を鬼にしてやってる部分もあるんじゃないかと思うのよね」

「心を鬼……うーん、俺には、そうは思えないんですけどね」

春子はやんわりと、圭太をなだめつづけていた。

たしかに冷静になって考えてみれば、春子の言うことも一理ある。しかし、毎日のようにあの堅物上司と顔を合わせている身としては、やはり素直に認められないところがあった。

「基本的に、すごく真面目な人じゃない？　しかも企画力もあるし、実行力だってある。本部と衝突してまで自分の企画を実現させようとするなんて、意外に見所のある人だと私は思うわよ」

「まあ、それは、たしかに……」

「それに、圭太くんと同様、あの人もコーヒーのことをとっても愛している」

「……話したんですか？　ひっく」

断言する春子に、圭太は眉をひそめて水を向けた。

すると未亡人は「ええ」とうなずき、グラスの中の赤い液体をゆっくりと、ゆっくりとまわして言う。

「長話はできそうにない雰囲気だったから、ほんのちょっとだけどね。この春のスペシャルブレンドのこと、なんだかとってもうれしそうに話すのよね」

「春の、スペシャルブレンド……」

春子は圭太に、花映との会話を語って聞かせた。

花映はこの春から、××店限定のスペシャルブレンド商品を、中煎りと深煎りのそれぞれ一品ずつ、季節ごとに販売していく方針を打ち出した。

もちろん夏川珈琲全店でもやってはいることだが、××店ではそれに加えて、さらに独自のオリジナルブレンドを売っていこうというのである。

この春からはじまったのは、グアテマラとホンジュラスをメインの豆にしてブレンドしたオリジナルコーヒー。

ビターな味わいと独特な甘みを持つ××店限定ブレンドコーヒーに、花映は「初恋」という名を冠した。

これがけっこうな数、毎日売れていた。

複数のフレーバーが重層的に口の中にひろがる深い味わいには、はっきり言って価格以上のものがあり、じつは圭太も花映のブレンド力に密かに感心したものだ。

そして意外なことに、そんなブレンド開発の裏話を、花映はじつにうれしそうに春子に話したらしい。

能面のようないつもの雰囲気とは異なる花映の純粋な雰囲気に、春子ははっきりと好感を持ち、新店長を支持する気になったのだという。

「あれは、単に仕事だからっていうだけじゃないわね。花映さんのたしかなコーヒー愛をしっかりと感じたわよ、私は」

「コーヒー愛」

「だからさ、圭太くん。そんなにカリカリしないで、腹を割って話してみなさいよ」

「春子さん……」

酔いにしびれた頭で、圭太は春子を見た。

「今まで溜まったドロドロしたものは……今夜私が、根こそぎ搾りとってあげるから」

「……は？」

「ンフフ」

春子は淫靡（いんび）に笑い、グラスに残っていたワインを喉の奥に流しこむ。色っぽい吐息をつき、空のグラスをテーブルの上にそっと置いた。

圭太はドキッとする。

妙にねっとりとした色っぽい目つきで、上目遣いにこちらを見た。普段からセクシーな人だったが、ここまで妖艶さを露(あらわ)にするのも珍しい。

「あの、春子さ……あっ」

春子が椅子から立ち上がった。

小さな音を立て、椅子の足がカーペットと擦れる。

テーブルの端に指先を当て、つつっと音もなくずらしながらだった。春子は長方形のテーブルをまわり、圭太に向かって近づいてくる。

「は、春子さん?」

四十路(よそじ)間近の未亡人は、ワンピースの裾(すそ)をヒラヒラと翻(ひるがえ)らせて微笑んだ。胸元を盛り上げる豊満なふくらみが、ユッサユッサと重たげに揺れる。

細めた春子の美麗な瞳が、湖水のように煌(きら)めいた。不意をつかれて硬直する圭太に、熟女はいきなり身を屈め、首を伸ばして接吻をする。

「んんゥ、は、春子さん……」

「フフ、そんなに驚かないの。んっ……」

——ちゅう、ちゅぱ。ぢゅる。

（おお……）

やわらかな朱唇が、思いがけない鮮烈さで唇に密着した。春子の鼻腔からフンフンと、切迫した吐息がこぼれて圭太の顔を撫であげる。

汁っぽい音を立てて唇同士が触れあうたび、股間がキュンと甘酸っぱくうずいた。思いもよらない春子の大胆さに、圭太はその目を白黒させる。

「春子、さん……んぅムッ……おおお……」

「圭太くん……んっ……溜まってるでしょ。溜まってるものは出さないと……」

「えっ、ええっ？　いや、あの。あああ……」

右へ左へと顔をふり、さらに熱っぽく、春子は接吻をしかけてくる。

しかも、唇どころか舌まで動員しはじめた。チロチロと舌先で圭太の口をこじ開けて、彼にも同じものを求めようとする。

「春子さん……」

「ほら早く。舌出して」

「いや、でも……」

「『いや、でも』じゃないわよ。バツイチでしょ、きみだって。ウブな少年みたいなこと言わないの。ほら、舌……」

「おおお……」

――ピチャ、ピチャ。ヂュルヂュ。

（うわあ。か、感じちゃう……）

焦れたように求められ、圭太は舌を飛び出させた。

そんな彼のおずおずとした舌に、春子はローズピンクのエロチックな舌を、ねっとりといやらしくまつわりつかせる。

「はぁぁん……ンフフ……圭太くんの舌、マジ・シャンベルタンの味がする」

「むはぁ、は、春子さん……」

「私もするでしょ……んっんっ……あン、甘くて深い味わい……とろけちゃう……」

「はぁはぁ……はぁはぁはぁ……んっ……」

甘い吐息と鼻息を顔いっぱいにふりまかれ、圭太は美しい未亡人との生々しいベロチューにのめりこんでいく。

舌と舌とが擦れあうたび、ひときわキュンとペニスがうずいた。

萎れていた肉棹が一気に力を漲らせ、デニムの股間をミチミチと裂けんばかりに突っ張らせていく。

「おおお……」

ピチャピチャ、ニチャニチャという粘着音が、さらに粘っこく、熱っぽい音色へとエスカレートした。

たしかに春子の舌からも、高価な酒の味がする。

そんな甘さにも、ついうっとりとしてしまいながら、圭太は未亡人の舌を舐め、しびれるような昂ぶりにかられた。

「フフフ……」

春子は両手で、そっと圭太の顔を包むようにしている。

もともと火照っていた癒やし系の美貌がさらにぼうっと紅潮し、熱でも出たように腫れぼったさを増していた。

3

「おお、春子さん……」

「ンフフ。その気になってきた、圭太くん？」

「あっ……」

してやったりという顔つきだった。

圭太の舌からそっと離れる。これ見よがしに肉厚の朱唇をねっとりと舐め、白い歯をこぼして淫靡に笑った。

粘つく唾液の糸が舌と舌との間に伸び、自重に負けてU字にたわむ。

座っていた椅子ごと、圭太は春子の方を向かされた。

未亡人は、色っぽい細指を彼のデニムにすばやく伸ばす。有無を言わせず強制的に、ボタンをはずしてファスナーを下ろそうとした。

「ちょ、ちょっと……春子さん……」

「『ちょっと春子さん』じゃないわ、圭太くん」

「えっ」

「男でしょ。こんないいオンナに誘われているのに、今さらとまどってどうするの。そんなだから、大事な奥さんに浮気されて逃げられちゃうのよ」

「ぐっ……」

痛いところを突かれて返事に窮した。たしかに春子の言う通りだ。

前妻を、ほかの男に横どりされた。

自分なりに大事に愛したつもりだったが、やさしさだけでは通じない複雑なものが女性にはあるのだと、圭太はあのとき身に染みてわかった。

「あぁ、春子さん。うわあ……」

とうとう春子は、デニムのファスナーを完全に下ろした。圭太の股間からジーンズを毟りとろうとする。

それは文字どおり、問答無用の荒々しさだった。下着のボクサーパンツごと、春子はズルリとずり下ろす。

――ブルルルンッ！

「まあ」

「うああ、あの……」

中から露になったのは、見事に勃起したどす黒い極太だ。天に向かって反り返り、ブルブルと雄々しく肉幹を震わせる。

そんな怒張のハレンチな眺めに驚いたのが春子だった。意表を突かれたように動きを止め、両目を見開いて凝視する。

「圭太くん……こんなすごいおち×ぽ、持ってたの？」

やがて、感心したように春子は言った。

食い入るまなざしで男根を見つめ、いやがる圭太に股を開かせると、両足の間に膝立ちになる。

「は、春子さん……」

「ほら、もっとよく見せなさい。まあすごい……」

「うう……」

マジマジと至近距離で見つめられ、圭太はいたたまれなくなった。

それなのに、股間の怒張はビクビクと、逆に自分の存在を誇示するように激しく何度もしなってしまう。

春子が賞賛するのも無理はなかった。

圭太の肉茎は、おとなしくしているときはそうでもないのだが、戦闘状態になると途端に大きさとワイルドさを増し、全長十五センチ超の特大サイズにまで勃起する。

その上、ただ長いだけでなかった。

胴まわりも驚くほど野太く、掘り出したばかりのサツマイモさながらに、ゴツゴツとした迫力を見せつける。

ドクドクと脈動する肉幹に、赤だの青だのの血管が逞しく盛りあがっていた。

亀頭は張り出す松茸の傘のように力強く張り出し、さかんに尿口をひくつかせて、透明なカウパーを滲み出させている。

「くぅ、春子さん。そんなに見られたら……」

春子が見た通り牡肉は、もはややる気満々だ。しかしこの期に及んでも、圭太にはまだとまどいがあった。

あまりに一方的な展開に、身体は追いついてもいまだ心は周回遅れだ。

「ンフフ……」

だが春子は圭太の狼狽などものともしない。潤んだ瞳をキラキラさせて、反り返る一物をその手に握った。

「おおお……」

「ああ、熱い……そ、それに……いやン、硬いわ。すっごく硬い」

「うおっ。うおおっ……」

肉棒の焼けるような熱さと鉄を思わせる硬さに、淫欲のギアがさらに一段上がった感じだった。春子は牡砲を凝視しようと、より目がちになる。

さらにフンフンと、興奮した鼻息を惜しげもなく漏らした。しこしこ、しこしこと、リズミカルな手つきでいやらしく陰茎をしごきあげる。

「ああぁ……」

——びゅぴゅっ！

「まあ、いやらしい。先走り汁が、ち×ぽ汁みたいに勢いよく飛び出したわよ」

「ち、ち×ぽ汁って……おおお……」

春子が口にするあられもない卑語に狼狽しつつ、圭太は天を仰いだ。

未亡人の手コキは、亀の甲より年の功とでも言いたくなる、鳥肌ものの巧みさに満ちている。尿道に溜まりはじめたカウパーを、射精の瞬間のザーメンのように飛び散らせることなど、きっと朝飯前なのだろう。

いや。カウパーどころかへたをしたら、海綿体まで絞り出されるのではないかと思うような手コキである。

春子はしこしこと、快いリズムと力加減で、猛る勃起をひたすらしごく。

(ううっ、気持ちいい)

「おお、春子さん……」

男を腑抜けにさせる淫戯とは、まさにこのことだった。

しごかれればしごかれるほど、とまどいやこわばりが毛穴という毛穴から揮発していくような心地になる。

気づけば圭太はぐったりと、椅子の背もたれに体重を預けた。

命じられたわけでもないのに、春子に向かって股間を突き出し「もっとしごいて。もっともっと」とねだってでもいるかのように、ついには尻さえ浮きあがらせる。

「フフフ、気持ちいいでしょ。やっぱり相当溜まっていそうね、このち×ぽ」

春子は妖しい笑みをこぼし、上目遣いに圭太を見た。

彼の下半身から、完全に下着とデニムを脱がせる。陣どっていた股の間に立ち上がるや、圭太の手をとり、別の場所にいざなおうとする。

「えっ……春子さん……」

「きなさい。いいものを見せてあげる」

「い、いいもの？　ああ……」

先に立って圭太を引っぱり、ふり返って秘密めいた微笑を漏らした。

いつもより格段に色濃い妖艶さに、圭太はゾクリと鳥肌を立て、勃起した男根をせつないほどにうずかせる。

春子がやってきたのは、ホームシアターとして使っているという二階の真下の空間だった。そこにもまた、高価そうなカーペットが敷かれている。

北欧製ではないかと思われる洒落たローテーブルを囲むようにして、モダンな白いソファセットが配されていた。

春子はそんな二人掛けソファに、背中を預けるように身を投げ出した。

4

「圭太くん」

「は、はい」

「ンフッ、見せてあげる……」

糸を引くような粘っこい声で囁いた。絶対秘密なんだから、とでもいうような悪戯(いたずら)っぽい目つきで圭太を見上げる。

ワンピースの裾を指で摘(つ)まんだ。

焦らすかのようにそろそろと、花柄の薄い生地を臍(へそ)のほうまで引っ張り上げていく。

「――ええっ。は、春子さん……」

目のまえに、とんでもない光景が現れた。圭太は文字どおり目を疑う。

パンティを穿いていなかった。

めくられたワンピースの下から現出したのは、何一つさえぎるもののないヴィーナスの丘と、むっちりと健康的な二本の太腿(ふともも)だ。

脂肪味に富んだ太腿がひとつに繋がるその部分に、ふかしたての肉まんを思わせる、ふっくらとやわらかそうな丘陵が盛りあがっていた。

こんもりとまるい肉まんの丘には、陰毛一本生えていない。

「ええっ……？　おおお……」

秘毛がないせいで、陰唇の恥裂がくっきりと縦に走っているのがよく見えた。

しかも鮮烈な肉裂は艶めかしくほぐれかけ、泡立つ蜜をブチュブチュと、蟹の噴くあぶくのように溢れさせている。

「春子さん……」

「ンフフ。ほら見て、圭太くん。今夜の私……もうこんなよ……」

そう囁くと、潤んだ瞳で圭太を見上げ、もっちり美脚を一本ずつ、ソファの上へと移動させる。

なんとも大胆なM字開脚姿へと、圭太の視線を道連れにしてポーズを変えた。ピンと伸ばした人差し指を、左右からワレメへとゆっくりと伸ばす。

「おお……」

「ほら見て……オマ×コ、くぱぁ……」

――ニチャ。

「うおおおっ。は、春子さん。うおおおおっ」

自らはしたない隠語まで口にした。

春子は白く細い指で、淫肉を左右にくつろげる。

やわらかな大陰唇が苦もなくひしゃげ、右と左へとゴムのように伸びた。中から露になったのは、じつに生々しいサーモンピンク色をした膣粘膜の園である。

ヌメヌメといやらしいぬめりを帯びた粘膜は、たった今切断されたばかりの鮭の切り身を思わせた。

最下部には子宮へとつづく膣穴が、見られることを恥じらうようにヒクヒクと開口と収縮をくり返している。

未亡人の淫裂は、横長の菱形(ひしがた)状に開花していた。

圭太が見とれる間にも、さらに肉穴は新たな蜜を分泌させ、潤む粘膜はヌチョヌチョと、いっそう品のない眺めになっていく。

――ビクン。ビクン、ビクン。

「くうぅ、春子さん……」

「あン、いやらしい。おち×ぽ、そんなにビクビクさせて……はぁはぁ……」

「ううう……」

「興奮してるのね。私のいやらしいオマ×コを見て。あァン、そんな目で見られたら私もよけいに……はあぁ……」

「おお、おおお……」

圭太の視線に堪えかねたように、熟女はくなくなと豊満な肢体を悶えさせた。

片手の指を肉裂から放す。

見せつけるようにクニュクニュと、紅色に輝く陰核を妖しい手つきで愛撫した。強い電気にしびれたかのように、いきなり身体を痙攣させる。

「あぁン、感じちゃう……はぁはぁ……圭太くん……ねぇ、わかるでしょ……」

「は、春子さん。うう……」

目のまえで自慰に耽る熟女の痴態に、いやでも息苦しさが増した。

いきり勃つ肉砲がドクン、ドクンと脈動し、鹿威しさながらにしなっては、上へ下へとせわしなく揺れる。

「ねえ、きて……私のオマ×コ、もうこんなよ……」

「春子さん……」

「挿れて……挿れたくないの？　私のオマ×コ、圭太くんのち×ぽがほしくて、ほら、もうこんな――」

「ああ、春子さん……春子さん」

「きゃっ」

もはや理性など、完全にどこかへ吹っ飛んだ。

脳髄がズドンと火を噴いて暴発するのを感じながら、圭太は春子に躍りかかり、むちむちした女体をソファの上で反転させる。

「あぁン、圭太くん。はああァ……」

「はぁはぁ……はぁはぁはぁ……」

春子に強引に強いたのは、四つん這いの体勢だった。ソファの背もたれに両手を突かせ、バックにヒップを突き出したエロチックなポーズにさせる。

「あはあァ……」

尻を隠しそうになったスカートを、腰の上までたくしあげた。

露出した薄桃色の豊熟ヒップは、大迫力のボリューム感。熟れに熟れ、実りに実った肉果実は、甘味たっぷりの水蜜桃を彷彿させる。

二つの臀丘がまんまるに盛りあがっていた。

やわらかそうな双球がひとつに繋がる谷間では、淡い鳶色の肛門がこれまたヒクヒクとひくついては、圭太の情欲を煽り立てる。

「うう、春子さん……もう我慢できない」

呼びかける声はうわずって、完全に舞い上がっていた。

春子のうしろで位置を調(ととの)える。猛る勃起の角度を変え、卑猥にぬめる牝穴へと、矢も楯もたまらず突きいれた。

――ヌプッ。ヌプヌプヌプッ！

「あっはアァン。け、圭太くん……」

「うおお、すごい、ヌルヌル。あああ……」

「はあぁん。あっハアアァ……」

陰茎が飛びこんだそこは、思っていた以上のぬめりに満ちていた。たっぷりと分泌された愛蜜とともに、卑猥に蠢(うごめ)く蜜洞が、ムギュリムギュリとあだっぽく圭太の怒張を締めつける。

不埒(ふらち)な潤みは膣穴の最奥部までをもぬかるませていた。

うずく熱塊を根元まで埋めた圭太は、ブルッとひとつ武者震いをし、一気にガツガツとピストンをはじめる。

――ぐちゅる。ぬぢゅる。

「ああァ。いやン、すごい。おっきいち×ぽが奥まで刺さって。ハアァン……」

「はぁはぁはぁ……春子さん……き、気持ちいい」

春子は背もたれに体重を預け、獣に堕とされる快感に恍惚となった。

本気のよがり声を誰憚ることなくはじけさせ、妖艶に波打つ栗色の髪を狂ったようにふり乱す。

そんな美熟女のガチンコなよがりっぷりに、圭太もますます発奮した。

じっとりと汗ばみはじめた臀肉を十本の指で鷲づかみにする。怒濤の勢いで腰をふり、子宮にズボズボと矢継ぎ早に亀頭をたたきこむ。

「あはァァン。いやン、圭太くん、私も気持ちいいの。奥……奥、奥、奥ゥンン。奥、気持ちいい。亀頭がいっぱい抉ってるンン」

「は、春子さん」

「ポルチオなの。そこ、ポルテオなのおお。あああアァ」

四十路間近の未亡人は、ポルチオ性感帯も亡夫の手でしっかりと開発されていた。

餅を思わせる子宮口に、杵そのものの迫力でドSな亀頭を連打した。

そのたびに歓喜にむせぶ声を上げ、悲鳴と一緒にだらしなく粘つく涎まで飛び散らせる。

「くうぅ……」

圭太はワンピースの背中に手を伸ばした。ファスナーを摘まんで一気に剝き、ワンピースから両手を抜かせる。

たわわな乳を包んでいるのは、ベージュのブラジャーだった。背中に食いこむサイドベルトのホックをはずし、ブルンと巨乳を剝き出しにさせる。

「あぁん、圭太くん。はぁぁ、そんな。そんなあぁ。あっはあぁ」

背後から身体を密着させ、両手でわっしと乳房をつかんだ。

春子は官能のレベルをあげ、「いいの。いいの。これいいの」とでも訴えるかのようにヒップをふって、自ら圭太に性器を擦りつけてくる。

「おおお、春子さん。ああ、おっぱいやわらかい。それに……お、おっきい」

――もにゅもにゅ。もにゅもにゅもにゅ。

「はあぁん。あっはあああぁ」

カクカクと腰をふり、猛る肉槍を膣奥深くまで突き刺した。十本の指でねちっこく豊満な乳肉をまさぐっていく。

両手にあまる規格はずれの大きさは、やはりHカップ、百センチ程度は軽くある。

その上ただ大きいだけでなく、春子の乳はとろけるようにやわらかだ。

指と手のひらからあまった肉がゼリーのようにドロリと溢れた。

揉んでも揉んでも張りとは無縁の柔和さを感じさせ、圭太の指と責め嬲(なぶ)る淫心をうっとりと酔わせてくれる。

春子の女体はどこもかしこもじっとり汗ばみ、体熱を上げていた。

皮膚に伝わる熱さと湿り気、両手に感じるおっぱいの感触にも、生身の女を抱いている性の実感を圭太はおぼえる。

「ああン、いやン。あっあっあっ。はっはァァァ」

そんな双乳の頂に、大きめの円を描く鳶色の乳輪と大ぶりな乳首があった。

乳首は艶めかしくしこり勃ち、甘く実ったサクランボのような淫靡なまるみを見せつける。乳輪の中にはブツブツと、気泡を思わせる粒々がいくつも浮かんでいた。

圭太は左右の指を伸ばし、そんな乳首もクニュクニュとさかんに擦り倒しては、グミさながらの感触も味わう。

「あぁ、感じちゃう。あっあっ。うああ。とろけちゃう。とろけちゃうンン」

「くうぅ、春子さん。だめだ……もう出る。出ちゃいます」

「ハァアン、圭太くん。あっあっあああぁ」

——パンパンパン！　パンパンパンパン！

いよいよ圭太のピストンは、ラストスパートへとエスカレートした。

もはや乳など揉んではいられない。汗ばむ背中から身体を起こす。

　ふたたびやわらかなヒップをつかみ、狂騒的な抜き差しで、ぬめる蜜洞をグチョグチョ、ヌチョヌチョと夢中になってかきまわす。

「あはあぁ。き、気持ちいい。オマ×コ全部気持ちいい。奥もヒダヒダも感じちゃう。久しぶりなの。久しぶりィンン。圭太くん。圭太くん、圭太くん、圭太クゥン」

「はぁはぁはぁ。はぁはぁはぁ」

　カリ首と膣ヒダが擦れるたび、甘酸っぱさいっぱいの火花が散った。

　最奥の子宮に亀頭を埋めれば、「放さないわよ。絶対放さない」とでもいうような勢いで、キュンキュンと子宮が収縮しては亀頭を包みこんで甘締めする。

（も、もうだめだ）

「あっあっあっ。いやン。イク。イクイクイク。あっあああぁ」

「春子さん、出る……」

「うあああぁ。あっああああああっ！」

　――どぴゅどぴゅ！　びゅるる、ぶぴぶぴ、どぴゅぴゅ！

「おおお……」

　ついに圭太は官能のめくるめく頂点に突き抜けた。

　意識を完全に白濁させる。頭のてっぺんから爪先まで、全身がペニスになったかのようなエクスタシーの虜になる。

二回、三回、四回――。

決壊した極太はドクン、ドクンと脈動し、水鉄砲の勢いでザーメンを飛び散らせた。

噴き出した汁がピンクの子宮に粘りつき、ぬめる膣奥をドロドロに穢す。

そんな圭太のしうちに歓喜したかのように、春子は白目を剝きかけた凄艶な顔つきで熟れた女体を震わせた。

「はうッ……ハウゥゥ……は、入って……くる……」

「春子さん……」

「いっぱい……いっぱい……温かい、ち×ぽ汁……はあぁ……」

不随意に身体を痙攣させるたび、釣り鐘のように伸びたおっぱいが、たゆんたゆんと房を躍らせた。

勃起乳首がジグザグと虚空に乱雑なラインを描く。

怒張を食い締めた牝壺は、思いだしたように蠕動して圭太の肉棒を締めつけた。

「うお、おおお……」

圭太はたまらず天を仰ぐ。

吐精を終えかけた男根から、またしてもどぴゅっと豪快に精の残滓をぶちまけた。

第二章　未開発の人妻

1

春子の豪邸で思わぬ一夜を過ごしてから、一週間ほどが経った。

（まいったな）

バックヤードの片隅。

今日もまた杏奈が人目をしのび、鼻をすすって泣いている。

ついさっき、またまた花映に説教をされたのだ。一身上の都合とかで、杏奈はもうすぐアルバイトを辞めることになっているのだが……。

――この店の人間ではなくなるからもうどうでもいいみたいな、いい加減な気持ちで働いてもらっては困るの。お客様との関係は一期一会（いちごいちえ）ですよ。

花映はそう言って杏奈を責めた。

ドリンク作りの作業にまわってもらっていたものの、杏奈は立てつづけに三回も、注文とは違うドリンクを作ってしまったのであった。

「杏奈ちゃん、気にしないで」

そっと近づき、軽く肩をたたいて声をかけた。

「チーフ……」

恥ずかしいところを見られてしまったとでもいうようだった。杏奈はあわててとりつくろい、目元を拭って笑おうとする。

しかし拭った端から瞳には、じわじわと涙が滲みだした。

「なんか……集中できないことでもあるのかな。俺でよければ話を聞くけど」

どんな仕事でも比較的そつなく、しかもてきぱきとできる娘だった。

半年にもわたってその仕事ぶりを間近で見てきたが、連続三回のミスなんて、今まで一度だってしたことがない。

なにか心にかかっていることがあるのではないかと思うのがふつうだった。

「へ、平気です。なんでもないんです」

鼻をすすり、溢れ出す涙を子供のように両手で拭って杏奈は言った。

笑おうとしてみせるものの、可憐な美貌がくしゃっと崩れ、どうしても泣き顔に戻ってしまう。

「えぐっ」

（か、かわいい……）

スタッフを管理する立場にある者として、かわいいなどと思っていてよい事態ではなかった。しかしつい、圭太は父性本能をくすぐられてしまう。

「そっか……体調、悪いんじゃないよね」

「違います。すみません。えぐっ。単なるミスです」

「わかった。肩の力を抜いて、気楽にね。今日は、あともう少しで上がりだから」

時間を確認し、明るい笑顔を意識して圭太は杏奈を励ました。

「はい。ほんとにすみません」

杏奈は鼻をすすり、泣き笑いのキュートな顔で、なおもボロボロと涙を流す。

（やれやれ）

募集中の新スタッフ雇用に関する件で、店長の判断を仰ぐ必要があった。面倒だなと思いつつ、圭太は花映が作業をしている奥の事務室へと足早に向かう。

「失礼します」

ノックをし、ドアを開けて事務室に入った。ユニフォーム姿の花映は、一人きりでノートPCに向かっていた。

「なんでしょう」

いつもと同様、こちらを見もせず事務的に聞いてくる。だがいつの間にか、花映のこんな態度にも圭太は慣れてきてしまっていた。

「あ。えと、杏奈ちゃん……町田さんの後任バイトの雇用条件の件で、ちょっと」

「……泣いていましたか」

「えっ」

眼鏡の奥の花映の瞳は、なおもPCの画面に向けられていた。しかし彼女が、杏奈のことを聞いてきたらしいのは明らかだ。

「ええ。まあ」

「……よく泣く子ですね」

「でも……怖い上司に叱られたら、若い子ならどうしたって」

苦笑しながら、圭太は杏奈をかばった。

すると花映は、感情の籠もらない顔つきで圭太を見上げて言う。

「怖い上司とは私のことですか」

「あ……えっと……ええ、そうなりますかね」

「本当は、チーフが率先してそういう役割を引き受けてくれないと、いけない気もするのですけど」

「はあ。すみません」

言葉を交わせば交わすほど、歩みよれない距離感がいっそう感じられるのは、いつものことだった。しかし圭太はあの夜の春子のアドバイスもあり、無用な衝突は避けるようにしている。

——そんなにカリカリしないで、腹を割って話してみなさいよ。

春子から言われたそのことを、ずっと忘れられずにいた。

あの夜は、酒の勢いも加担してとんでもないことにまで発展してしまったが、春子が圭太と花映のことを我がことのように案じてくれているのは間違いがない。

「あの、店長」

意を決して、圭太は言った。

「はい」

「今晩……お時間ありますか」

キーボードをたたく細い指が止まった。

ゆっくりと顔を上げ、眼鏡の奥から圭太を見上げる。

「よかったら……たまにはどうですか」

言いながら、酒を飲む仕草で花映に伝えた。花映はわずかに目を細め、それでも無表情に圭太を見る。

「着任のお祝い、まだしていませんでしたし。もし、ご予定がなければ」

つい笑顔が硬くなるのを感じながら、圭太は誘った。

花映は彼から視線を逸らし、ふたたびカチャカチャとキーボードをたたく。

「わかりました。ではのちほど」

どこまでも事務的な口調で答えた。

「はい」

そんな花映に破顔して、圭太は深々と腰を折った。


「この店です。値段はさほどでもないのに、けっこう刺身が旨いんですよ」

その夜。仕事を終えると、圭太は花映と駅前の飲み屋街に出向いた。入ろうとしているのは、ごく大衆的な居酒屋だ。

仮にこれがデートなら、率先して使おうとは思わないような店である。

しかしこれはデートでもなんでもない。まず考えるべきは、ほどよい価格でたらふく飲んだり食べたりできることだった。

「……………」

入口の上にかかる派手な看板を見上げ、わずかにとまどいの表情を浮かべた気もした。しかし花映はなにも言わず、無言の内に承諾の意を伝えてくる。

「じゃ、行きましょうか」

そんな花映をエスコートして、居酒屋の引き戸を開けようとした。

「ちょっと待ってください」

すると花映は圭太を制し、バッグからスマートフォンをとりだす。

「一本だけ、電話をさせてもらってもいいですか」

「あ、はい。どうぞ」

圭太がうなずくと、花映は邪魔にならない建物の端の方に移動した。自分だけ先に入るわけにもいかず、圭太は少し距離を空け、花映のうしろに付き従う。

「……あ、私です」

スマホを耳に当てた花映は、やがて相手と話をはじめた。その声も態度もどこかぎこちなく、気詰まりな空気を感じさせる。

「ちょっと……お店のチーフと食事をして帰ります……え？　男性ですけど、なにか」

圭太はさりげなく間合いをとりつつも、花映が交わしている会話に耳を傾けた。

(えっ。もしかして、旦那？)

今の今までこの人は、てっきり独身だと思っていた。それほどまでに花映が家庭で主婦をしている姿が、圭太には想像できなかったのだ。

「そちらは今……えっ？　……わかりました……では……」

スマホを耳から離すと、花映は電話を切った。お待たせ、というように目顔でうなずき、圭太のほうに近づいてくる。

「あの、店長」

「えっ」

「もしかして……ご主人でした、今？」

「……だとしたら、なんでしょう」

「いや……あはは。ご結婚なさってるなんて、思いもしなかったもので」

「………」

「あ……す、すみません」

本音を口にしただけだが、よく考えたらずいぶん失礼なことを言っているのかも知れなかった。

圭太はあわてて笑ってごまかし、花映を先導して、今度こそ店へと入っていく。

それにしても夫婦にしては、ずいぶん他人行儀な感じの会話だったなと、心の中でぼんやりと思いながら……。

2

「――えっ。バイヤーをやってたんですか⁉」

驚きのあまり、つい大きな声になった。

それほどまでに、花映のカミングアウトは衝撃的だった。

まさかこの若さで社長直属部門の商品戦略本部に籍を置き、自ら産地に赴いて、ベストなコーヒー豆を仕入れてくるバイヤーの仕事をしていただなんて。

エリート社員らしいとは、たしかに噂で聞いていた。

やはりこの人は、世界中のコーヒーを扱う専門企業の、まさに心臓部ともいえる中枢部署で活躍していたようである。

ちなみに花映の年齢は、二十七歳だとわかっていた。

つまり圭太より三歳も年下。それなのに、職場でのポジションだけでなく、コーヒーのプロとしての経験やスキルにもどうやら圧倒的な違いがあるようだ。

「ええ、まあ……」

ちびちびと口にしていたビールのせいで、いつしかほんのりと美貌が朱色に染まっていた。

シャープなラインを感じさせる「できる女」風の端整な小顔が、そのせいでいささか親しみやすいものに変わっている。

庶民的な居酒屋の店内は、会社帰りのサラリーマンやＯＬ、学生風の若者たちなどでワイワイと賑やかだった。

圭太と花映はそんな店内の端のほうにあるテーブルに向かいあって座っている。

圭太はすでに二杯目の中ジョッキ。

テーブルには、刺身や焼き物、揚げ物などが並んでいた。花映の飲んでいる中ジョッキも、そろそろ一杯目が空になろうとしている。

「すごいですね。どうして異動になったんですか」

興味をおぼえて圭太は聞いた。

すると花映は苦笑してビールのジョッキに口をつける。

「それは……やっぱり結婚したからでしょうか」

「あ、なるほど。いつですか」

「なにがです」

「ご結婚されたのは」

「それって……仕事と関係ありますか」

花映はすげなくかわそうとした。圭太はそんな上司を両手で制す。

「も、もちろん、お答えになりたくなければそれで」

「三年目です」

「えっ？」

「今、結婚三年目」

「……」

告白する花映の顔に、圭太はわずかに眉をひそめた。

さっきも感じたことだったが、プライベートに関することになると、いつも以上にこの人は、あまり楽しそうではなくなる。

「そうですか。えっと……」

圭太は話を変えようとした。

花映が生ビールを口にする。ジョッキが空になった。圭太は彼女の意思を確かめ、スタッフに二杯目を注文した。

「でもすごいですね、バイヤーをやっていたなんて。ご担当はどちらだったんですか」

「主に、ブラジルでした」

「ブラジルかあ。いいなあ。素敵な農園がいっぱいありますよね」

懐かしさを露にして言う圭太を、興味深そうに花映が見た。

「行ったことあるんですか」

「ええ。あ、でも、ここに勤めるようになってからじゃありませんよ。学生時代に」

圭太は花映に、ことここへと至る自身の半生について手短に語った。

学生時代からとにかくコーヒーが大好きで、コーヒーショップでアルバイトをして貯めたお金を使い、世界のコーヒー豆産地を旅してまわったことがあること。

コーヒー関連の企業に就職したかったが残念ながらどの企業にも採用されず、金属工業関係の会社で働きはじめたこと。

二十五歳で職場結婚をしたものの、二年後には妻が浮気して離婚に至ったこと。それを契機に会社に辞表を出し、念願であり夢でもあったコーヒーショップの道に飛びこんだこと。

そして夏川珈琲でいろいろと学ぶことができたら、いずれはオリジナルなコーヒーショップを経営したいという夢を持っていること。

「……………」

「……すみません。一人でペラペラしゃべっちゃって」

気がつくと花映は押し黙り、考えこむような顔つきになっていた。ちょっとおしゃべりが過ぎたかなと恥ずかしくなり、あわてて圭太は謝罪する。

「あ……いいえ……」

圭太に声をかけられ、ハッと我に返るようになった。打ち明け話の間に運ばれてきた新しいジョッキに、あわてた様子で口をつける。

（しかしなんでもいいけど、やっぱり育ちが良さそうだな、店長）

そんな花映の挙措をさりげなく盗み見て、圭太は密かに感心した。

いつも仕事をしているときも、一挙手一投足のいちいちが不思議な品の良さを感じさせる女性だった。

そうした圭太の思いは、こうやって食事の席をともにしていると、いっそう確信に満ちたものになる。

背筋の伸ばしかた、箸の上げ下ろし、酒の飲みかた――それらのいずれもが惚れ惚れするほど美しく、じつに端正である。

もしかして、とんでもないお嬢様育ちなのではないかと、つい妄想が逞しくなる。

「バイヤーって、国によってコーヒーに求めるものがちょっと違うんですよ」

肉厚の唇についた泡を、花映は色っぽい挙措でそっと拭った。

こんな風に自分から、話題を持ち出してくるなんてじつに珍しい。アルコールがいい感じに作用して、口がなめらかになってきたようだ。

「そうなんですか」

身を乗り出し、圭太は興味を示した。

すると花映は珍しくニコッとかわいく微笑んでみせる。

(えっ)

その途端、圭太の身体を稲妻が貫いた。それはもう鮮烈なまでの激しさで。

(お、おいおい……)

圭太はとまどう。

とまどいながら女上司を見た。いつものキャラとは落差のある、キュートな笑顔を見せる人を。

なんだこの気持ちは。なんだこの心臓の打ち鳴りかたは。待てよ、待てよ……どうしてこんなにかわいく見えるのだ、店長が。

「ええ。あのね……」

柔和に微笑んで、花映は言葉を継いだ。

「たとえばアメリカのバイヤーって、とにかく風味の強さを求めるんです。酸が強かったりパワフルなものだったり。それはアメリカの消費者が、とにかくインパクトのあるコーヒーを求める傾向が強いからなんですね」

「はあ。な、なるほど……」

「それに対してヨーロッパのバイヤーは、たとえばオーガニックなんかの需要が多い。彼らには彼らのマーケットがあるんです」

「じゃあ……日本はどうなんですか」

圭太はドキドキと心臓を打ち鳴らしながら、平静を装って花映に聞いた。

花映は色っぽく口の端を吊り上げる。歯並びのよい白い歯列が覗き、またも華（はな）やかな笑顔の花が咲いた。

（うおお……）

圭太はたまらず仰(の)け反りそうになる。

しかもどうだ、改めてチラッと見れば、その胸元の豊満さは。清楚さを感じさせる美貌とは不釣り合いにも思えるたわわなおっぱいが、私服の胸元にはち切れんばかりに盛りあがっている。

Ｇカップ、九十五センチ程度は余裕である気がした。不覚にも、グビッと唾(つば)を飲みそうになる。

今日の花映の私服は、カジュアル極まりない装いだ。白地に青いストライプのざっくりとしたブラウスに、細身のデニム。

黒髪は相変わらずしっかりとアップにまとめ、白いうなじを剝き出しにしている。

「日本の消費者は、やっぱり酸味に対するこだわりが強いと思います。後味というか、コーヒーがもたらす喉ごしや余韻にも一番うるさいのが日本人ではないでしょうか」

「ほ、ほう。なるほど……」

うろたえつつも、感心しながら圭太はうなずいた。やはり春子が断じたとおり、花映もコーヒーのことを心から愛していることが感じられる。

それほどまでに、コーヒーについて語る花映の表情は、とても幸せそうだった。

自分と同じものを、間違いなく圭太は上司に感じた。

「楽しそうですね、バイヤーの仕事」

コーヒー豆を求めて世界中の産地を飛びまわる自分を夢想し、ため息をついて圭太は言った。

そんな風にコーヒーを話題にしていないと、花映の美しさに見とれてしまっていることを本人に気づかれてしまいそうだ。

「ええ、楽しかったです」

花映は言い、遠い記憶に心を飛ばしているような顔つきになった。

スクエアタイプの眼鏡の奥の目が、懐かしい日々を回想するように色っぽく揺らめく。そうした無防備な表情には、二十七歳の大人の女性とも思えない少女のような清らかさが感じられた。

「残念でしたね。ご結婚なさったせいで、異動になってしまって」

「……………」

決して花映におもねるつもりはなかった。

心からおぼえた感想を口にすると、女上司は寂しそうな微笑を浮かべる。細い指で、ビールのジョッキを弄(もてあそ)んでうつむいた。

「あっ。その……え、偉そうなことを言っちゃって、すみま――」

「失敗だったんでしょうか、私も」

「……えっ？」

ため息交じりに花映は言う。

きょとんとして聞き返すと、眼鏡の美女は圭太を見つめ、自虐的に笑った。

「結婚です。チーフと同じように……」

恥ずかしそうに美貌を歪めると、花映はまたもビールを呷った。白く細いその喉が、ビールを嚥下するたびにコクコクとわずかな隆起を見せる。

(や、やばっ……酔ったか、俺)

圭太はあわてて視線を逸らした。しかし気づけばもう一度、花映の美貌と胸元にまなこを吸いよせられてしまう。

「結婚……失敗だったと思っていらっしゃるんですか」

さらにドキドキと心臓を脈打たせつつ、圭太は聞いた。

「……」

「ご主人は、どんなかたなんです？」

興味を抑えられずに、圭太は問う。花映はじっと彼を見返し、悪戯っぽい笑顔になった。

「主人ですか。どんな人……うーん……私が教えてほしいぐらいです」

「店長……」

「難しいですよね、男と女が家庭を作るって。チーフも苦労されたんですか」

「は、はあ……」

「結婚……向いてなかったのかもしれません。私は……」

「……」

冗談めかして言ってはいたが、荒涼とした寂寞感が、その笑顔には感じられた。

——結婚、向いてなかったのかもしれません。

それは、過ぎ去った人生のある一時期に、圭太もまた毎日のように思って苦しみつづけたことだった。

だが、どうしてこれほどまでにきれいで真面目な人が、そんな風に自分と同じ思いをしなければならないのか。この人は自分の夫と、いったいどんな暮らしをしているというのだろう。

（店長……）

今ごろになってようやく気づいた、花映の女としての魅力になおも心臓をドキドキさせていた。

寂しそうに笑う彼女をこっそりと見つめ、圭太は複雑な気持ちになった。

3

結局、花映は中ジョッキ二杯のあと、グレープフルーツサワーをさらに二杯も飲み干した。

こんなに飲んだのは初めてだと本人が言うとおり、いつもの酒量はかなり超えているようだ。

「もう終わっているんです、私たち夫婦は」

タクシーをつかまえようと、店を出て駅前に向かおうとしていた。花映の足どりは、いささか心もとなくなっている。

「あ、危ない」

「きゃっ」

思わず足元をもつれさせかけた。そんな上司が見ていられず、圭太はあわててその腕をとる。

「終わってるんです、とっくに。まだなにもはじまってなかった気もするんですけど」

ひっく、とかわいくしゃっくりをして、自嘲的に花映は言った。

「そんなこと言わないくださいよ、店長」

圭太は必至に慰める。酔った女上司は足元がふらつくあまり、グイグイとその身体を圭太に密着させた。

（おおお……）

そのせいで、やわらかなおっぱいが圭太の腕に食いこんでは、フニフニ、プニュプニュと艶めかしくひしゃげる。

外に出た花映は、ブラウスの上からブルーのカーディガンを羽織っていた。

だがそれでも、乳房の淫靡な温み具合と得も言われぬボリューム感、その扇情的なやわらかさは、いやというほど伝わってくる。

「だって、ほんとのことなんです」

やはり花映はずいぶんと酔っていた。拗ねたように唇をすぼめ、天を仰いでため息をつく。

「しょせん私なんて……魅力ないですから、女として」

「なにを言ってるんですか」

酒臭い花映の吐息に顔を撫でられた。

酔った上司は足元をふらつかせ、圭太のほうを見てさらに言う。

「チーフだって、ほんとはそう思っているんじゃありませんか」

「えっ」

「絶対に思ってますよね。女のくせにぜんぜんかわいくないって」

「そんな……店長、俺は」

花映の横顔を見て訴えようとする。しかし花映はどこまでもマイペースだ。

酔いに任せて訥々と居酒屋で語った話によれば、夫とは本当にうまくいっていないようだった。

花映は花映なりにずっと悩んでいるものの、問題を打開できずに悶々としつづけているというのが現状らしい。

どこでどうやって知りあった連れあいなのかは、決して口にしなかった。

何度もしつこく聞くことも憚られ、圭太の中では彼女の夫は、ずっとのっぺらぼうのままである。

「しょせん、仕事しかない女なんです。自分でも思いますから。女としての魅力なんて、悲しいけれど私には全然ないなって」

「店長、そんなことないですよ」

気づけば圭太は必死になって、花映を慰めようとしていた。

本音を言うなら今夜一緒に飲むまでは、彼だって花映のことなどこれっぽっちも魅力的には思えていなかったにもかかわらず、である。

「そうでしょうか。だって……かわいくないですよね、私。町田さんみたいな、ああいう女性が好きですものね、男の人って」

「店長……」

花映は自虐的に自分を貶(おとし)めた。

圭太は狼狽する。こんなにも甘酸っぱい思いとともに、この人をかばいたくなるのはなぜだろうと。

不意をつかれたかわいい笑顔のせいだろうか。自分と同じようにコーヒーを心から愛しているとわかったからか。

話せば話すほどほころびを見せる、職場での堅物なイメージとのギャップのせいもあっただろうか。あるいは今この瞬間も、自分の腕にプニュプニュと押しつけられてはエロチックにひしゃげる、やわらかで温かな乳房の強烈な淫力のせいか。

(ああ、店長……)

並んで歩くこの人に、これまでとは違う感情を抱きはじめてしまっていた。身悶えせんばかりになってくる。

いじけられればいじけられるほどよけいにかわいくなってしまい、身悶えせんばかりになってくる。


「いいんです。かわいくないんです。言われなくてもわかっています」

(ああ……もうだめだ)

「でもね、チーフ。町田さんみたいになりたくたって、なれない女だってこの世にはいっぱい――」

「店長」

「きゃっ」

もはやこれ以上、おのれに自制を強いることは困難だった。

溢れ出す思いに衝きあげられるかのように、気づけば花映の手をとって路地の奥へと駆けこんでいた。

「あ、あの……チーフ。ああ……」

表通りには、煌々と昼間のような明かりがあった。だがひとたび路地の奥へと転ずれば、世界は一気に深い闇に包まれる。

圭太はさらに、建物と建物の隙間へと強引に花映を引きずりこんだ。この世は完全な闇と化し、自分たちの姿さえ見えなくなる。

「えっ。えっえっ。ちょ……チーフ。ムンぅ……」

（ああ……とうとう俺ってば……）

驚く花映に有無を言わせず、圭太は肉厚の朱唇を奪った。

女上司の火照った身体をかき抱き、苦しいほどに締めつけては、強引なキスでその口を貪欲なまでに吸い立てる。

――ちゅうちゅぱ、ぢゅる。

「んんっ……？　ちょ……チーフ。やめてください……やめ……ンムゥ……」

「店長……店長……。ああ、どうしよう……俺、もう自分を抑えられない……」

「チーフ……むんゥ……」

圭太は右へ左へと顔をふり、ぽってりとした唇を熱烈にむさぼった。

「んんぅ……や、やン、ちょっ……むんぅぅ……」

やわらかな花映の朱唇がいびつにひしゃげ、白い歯列が見え隠れする。色っぽい呻きと酒臭い吐息が、闇の中に密やかにこぼれだす。

（店長……）

圭太はとっくに確信していた。

この人は、ただ生真面目で厳格なだけの人ではない。

頑迷で面白みのないキャラの背後には、知れば知るほど魅了させられる、本当の水野花映という女性が姿を隠していた。

本人がひた隠す本当の花映が、どんな女なのか圭太は知りたかった。酔った勢いで一時的に見せてくれるだけではない、プライベートな彼女が知りたかった。

「んっんっ……やめて……私……むんぅ……そんなつもりで……飲んだのでは……」

「わかってます。でも店長、俺どうしても、今夜はこのまま帰したくない」

「な、なにを言ってるんですか。困ります……私、結婚してるんです……」

「だからです」

ぽってりとした唇から口を放し、訴えるように花映を見た。

「……えっ」

だんだん闇に目が慣れてきた。眼鏡の奥の美しい瞳がとまどったように圭太を見る。

「だって……幸せそうじゃないじゃないですか、全然」

「チーフ……」

「ずっとずっと……自分を責めるようなことばかり言って。すっごく寂しそうな顔をして……見てられないです。いくら酔っ払ったからって、こんな苦しそうな顔ばかり見せるなんて……ずるいです、店長……」

「わ、私……そんなつもりは全然……」

花映は圭太から顔を背けた。

怯えているのがよくわかる。結婚こそしているものの、どうやらとてもウブなようだ。そんな花映の初々しさにも、圭太はさらに好感を持った。

「店長……抱きしめてあげたいです」

「チーフ……⁉」

「お願いです。今夜だけ……もう少し、つきあってもらえませんか」

「そ、そんな。はうぅ……」

無理なことを頼んでいるという自覚はもちろんあった。

しかし圭太はどうあっても、やはりこのままこの人を夫のもとに返せない。

「困ります……ほんとに困ります……」

花映は声を震わせて、うつむきながら訴えた。思いもよらないこの事態に、心からうろたえているらしいことは火を見るよりも明らかだ。

「私……あなたが思っているような軽い女じゃ――」

「か、軽い女だなんて、これっぽっちも思っていません」

「ムンゥ……」

圭太はもう一度、花映の唇を奪った。力の限り抱きすくめ、チュウチュウと品のない音を立てて口を吸う。

「むはぁぁ、んっ、んくぅ……チーフ……だめです……」

いやいやとかぶりをふり、圭太の唇から逃れようとする。圭太はそんな女上司の朱唇を追い、それでもチュッチュと熱っぽく何度も口づけた。

「あはあぁぁ……いやァ……困る……んっんっ……」

「好きになってしまったのかも知れません」

「えっ、えぇっ？　チーフ。ンムブゥ……」

「でも、だめだというなら我慢します。必死になって努力します。けど今夜だけ……今夜だけ、もう少しつきあってください。お願いです……」

「はぁぁ……」

溢れ出す思いを言葉にし、熱っぽいキスで花映を責め立てた。二十七歳の人妻上司は必死になって身をよじり、彼の拘束から逃れようとする。

「あぁぁン、チ、チーフ……困ります……どうしよう……」

「店長……」

次第に花映の身体から、しどけなく力が抜けはじめた。

放すものか、放すものか。

いっそう渾身（こんしん）のせつない力で、圭太は彼女を抱きすくめた。

4

「はうぅ、チ、チーフ……んっ……」

「店長、好きです。好きになってしまいました……」

「はあぁぁ……」

幸運なことに、近くのラブホテルに入室できた。

困惑と驚きに、ちょっとした恐怖までもが重なってしまったか。だめよ、だめだめと何度も言いながらも、花映はフリーズしたようになってしまった。

圭太はそんな花映を支えるようにしてチェックインし、やっといとしの女上司とホテルのベッドで抱きあった。

華美だったり下品だったりするような、よけいな装飾はなにひとつない。シンプルで高級感漂うインテリアだった。

ムーディな暗めの明かりが室内を、しっとりとシックに演出している。

だが部屋のほとんどを占めるのは、広々としたクイーンサイズのベッドだった。

どんなにセンスよくとりつくろおうと、この部屋が男と女がセックスをするためにあることを、生々しく伝えている。

「あぁん、チーフ……」

「ごめんなさい、店長。こんなことして。でも俺、店長を見ていたら胸を締めつけられて……かわいい、かわいいって、自分を抑えきれなくなって……」

「ああァ……」

いい加減なことを口にしているつもりはまったくなかった。

初めて一緒に飲んだ晩に、こんな風にホテルにまで連れこんでしまうだなんて、やっていることは軽薄な遊び人もいいところである。

だが神に誓って言ってもいい。女性に対し、これほどまでに強引な行為に及んだのは生まれて初めてのことである。

たとえ、耳に心地よいことばかり言ってとなじられたとしても、圭太から溢れ出すひと言ひと言は、どれもみな心からのものだった。

「チーフ、あの……い、いやです、恥ずかしい……」

ホテルに入っても、長いこととろけるような接吻に耽った。

ブラウスの上からおっぱいをまさぐり、その大きさとボリューム感も、改めて服ごしに堪能した。

そしてここから先は、服など無用の大人の聖域だ。かわいい素顔をチラチラとさらしてくれるこの人の裸が見たくて、圭太はもうどうしようもない。

「大丈夫……店長。俺に任せて……」

やさしく花映に囁きつつ、着ているものを脱がせていく。カーディガンを脱がせ、ブラウスのボタンをひとつずつはずした。

力をなくしたストライプの生地を左右に開こうとすると、むちむちと肉感的で透き通るように白い、滋味に富んだ餅肌が露になる。

「おお、店長……」

圭太はゴクリと唾を呑みそうになった。花映の胸元にはまんまると、息づまるほどの迫力で豊満な乳房がふくらんでいる。

小玉スイカを彷彿させる見事な色白おっぱいが、二つ並んで窮屈そうに肉実をくっつけあっていた。

たわわな双乳を締めあげているのは、レースの縁どりも楚々とした絹素材らしき純白のブラジャーだ。

ギチギチと締めつけられているせいで、乳の谷間がくっきりと影を作っている。

恥じらう花映がいやがって身をくねらせるたび、プリンのようにフルフルと、乳房がエロチックに何度も揺れた。

「チーフ、い、いや。やっぱり、恥ずかしいです……」

これ以上はやはり無理だと、悲鳴を上げているかのようだった。

間接照明が作り出すムード満点の薄闇の中で、花映はいやいやとかぶりをふり、ブラジャーに包まれた大きな乳房を両手で隠す。

「店長、大丈夫です。俺に任せて……」

圭太はそんな花映に言う。

職場では部下だが、年齢的にはこちらが三つも上である。それに現在はバツイチとはいえ、これでも妻がいたときもあった。

テクニシャンとはいかないまでも、それなりのことは経験している。

「で、でも……」

「大丈夫ですよ、恥ずかしがらないで。俺も、一緒に裸になりますから」

圭太はやさしく囁きながら、花映のデニムを脱がせようとした。ボタンをはずしてファスナーをゆっくりと最下部まで下ろそうとする。

「ああ、いや……困ります……」

「大丈夫。じゃあ、俺が先に裸になりますか」

「だめ……やっぱりだめ」

「あっ……」

だが、必死の説得も功を奏さなかった。うろたえた声を上ずらせると、花映ははじかれたようにベッドに起き上がる。

圭太に背を向けた。下着姿に剝かれた胸元を隠すようにまるくなる。

肉感的ではあるものの、ガラス細工のような繊細さを感じさせる色白の背中だった。見れば花映は小刻みに震え、「うう……」とせつなげに小さく呻く。

「ご……ごめんなさい……」

「店長……」

「あまり……」

「……えっ？」

眉をひそめて聞き返すと、ますますいたたまれなさそうにまるくなった。哀切に呻く苦しげな声が、微かに圭太の耳に届く。

「……店長？」

「あまり……経験がないんです」

「えっ」

——経験がない？

「こ、こういうこと……じつは……あまり……経験が……」

花映は声を震わせて、私的な事情を告白した。こういうこととは、夫以外の男性との不埒な行為ということだろう。

「わ、わかってます。店長は……そんな人じゃないですよね。でも俺——」

「違うんです」

「そうじゃありません」

意を決したようにこちらをふり向いた。

「……は？」

「……お、夫とも……」

「………」

「あまり……こういうこと、したことがなくて……」

「ええっ？」

圭太は目を見開く。

「も、もうずっと……仮面夫婦みたいな暮らしをしてきて……」

「マ……マジですか」

花映の打ち明け話に耳を疑った。

人妻だというのに、どこかウブな硬質さを感じさせる女性だと、たしかに思っていた。だがその理由が、花映たち夫婦の生活がとっくに形骸化していたからだなどとは夢にも思わない。

「あの人……私のこと、不感症なんじゃないかって」

「えっ。不感症？」

まじまじと見つめると、間接照明だけの薄暗い中でも、花映の美貌は明らかに羞恥にまみれて紅潮した。

「面白くないんだそうです。私みたいな女を抱いても」

「そんなこと言われたんですか」

「わ、私が……ちっとも、感じないから」

「店長……」

花映の瞳には怯えがあった。

彼女が不安にかられる理由を、ようやくはっきりと圭太は知る。

「だから怖いんです。たしかに私……ほんとのことを言うと、結婚するまでこういうこと……ほとんど経験がなかったし……」

「て、店長」

「不感症だって言われても、返す言葉がないくらい……ほんとにあんまりこういうことで……幸せって思ったことも……お、男の人を幸せにしてあげることも——」

「ああ、店長」

これ以上、黙って聞いてはいられなかった。圭太は背後から、半裸の人妻にむしゃぶりつく。

「きゃっ。チ、チーフ……アァン……」

剝き出しのうなじに、もの狂おしく接吻した。花映はビクンと、半熟の女体を痙攣させる。

「そんなことで、怯えてたんですね。んっんっ……」

——ちゅっ。ちゅぱ。ぢゅるぢゅ。

「はうう……チーフ……だ、だって——」

「そんなこと、全然気にしないで。店長が不感症なら、不感症だっていいです。俺、そんなことで店長を……水野花映という人を嫌いになったりしない……」

「や、はう……んんぅ、チーフ……きゃっ……」

ブラジャーの上から十本の指で、マスクメロン顔負けのおっぱいを鷲づかみにした。両手にあまる豊満な乳塊が、カサカサと動くブラカップを道連れに、いやらしくひしゃげる。

「店長、リラックスして。お、俺に任せてください。プレッシャーを感じる必要なんて全然ない。ただ……心を解放すればいいんです」

「こ、心を……解放。きゃん……」

サイドベルトのホックをはずし、花映の胸からブラジャーを毟りとった。

――ブルルルンッ！

ようやく楽になったとばかりに、勢いよく房を踊らせて露になったのは、形よく盛りあがるふっくらとしたおっぱいだ。

これはやはりGカップ、九十五センチは間違いなくある。圭太は背後から改めて腕をまわし、まる出しになった双乳を、せりあげるようにわっしとつかんだ。

「や、やだ、チーフ……恥ずかしいです……明かり……もっと暗くして……」

「恥ずかしがらないで……店長」

「お願いです。暗くして……お願い……」

「う……」

重ねて乞われ、拒むことはできなかった。枕元のパネルで光量が操作できる。圭太はつまみをまわし、部屋をさらに暗くした。

「あ、ありがとうございます……」

「ああ、店長。好きです……好きになっちゃったんです……」

──もにゅもにゅ。もにゅもにゅもにゅ。

「ひゃう、だ、だめぇ……」

(おお、やわらかい)

「も、揉まないで……恥ずかしい……恥ずかしいんです……ひうう……」

指が食いこむ房肉の柔和さは、まるでゼリーのようだった。

あるいはどんなに揉みしだいても、決して型崩れしない旨みたっぷりのつるつるした豆腐にも思える。

「どうして恥ずかしいんですか。こんなすごいおっぱいを持っているのに。ああ、店長。おっぱいおっきくて、やわらかくて。最高です……」

もにゅもにゅと、とろけるようなやわらかさのおっぱいを、うっとりしながらまさぐっては、思わず歓喜のため息をこぼす。

賛嘆の言葉を口にする目的は、半分は花映の羞恥心を少しでも和(やわ)らげようとしての

ことだった。だがもう半分は世辞でもなんでもなく、心からの本音である。

（そうだ……）

圭太は決意した。

もっともっと、自分が感じた心からの言葉を、恥ずかしがるこの人の耳に届けてや

ろう。男が感じる等身大の本音のあれこれを、怯えるこの人にあまさず聞かせ、少し

でも恐怖や不安、羞恥をとり除いてやろう。

「はうう。恥ずかしいものは、は、恥ずかしいのです……」

「だから、どうして……」

——もにゅもにゅ。もにゅもにゅもにゅもにゅ。

「ううっ、だって……ばかみたいに大きくて……子供のころからコンプレックスで」

「男には、こういうばかみたいに大きなおっぱいがたまらないんです。少なくとも、

俺は大好きです。店長のこのおっきいおっぱい」

「きゃっ」

言いながら、ふたたび花映をベッドに押し倒した。いやがって暴れる女体に覆い被

さり、もう一度おっぱいを鷲づかみにする。

「きゃああ……」

「た、たまらないです。こんな大きくて素敵なおっぱい、めったにないですよ、店長。それに、ただおっきいだけじゃなくて……やわらかで、手触りも、練り絹みたいになめらかで……しかも……」

「やめて……恥ずかしい……あっあっ……ひぅぅ……揉まないでください……そ、そんなに見ないで……」

「ち、乳首も……最高にエッチです」

「きゃひん」

声を震わせて賞賛するや、片房の頂に、はぷんとむしゃぶりついた。

透き通るように白い餅肌のおっぱいは、頂に隠し持っていた乳輪も乳首も、惚れ惚れするほどセクシーなピンクの色味を放っている。

乳輪の大きさは、二センチから三センチぐらいというところか。ほどよい大きさの円を描き、二つの乳首の先っぽを艶めかしく彩って(いろど)いる。

しかも卑猥な乳輪は、白い乳肌からこんもりと鏡餅のように盛りあがっていた。

そんな乳輪の真ん中に、まんまるにしこった桃色の乳首が肉実を締まらせて鎮座している。

「やッ……やん、あああ……」

口に含んでれろんと舐めると、硬く張りつめた乳勃起は、硬いような、やわらかいような乳首独特の触感で、圭太の舌を押し返す。

「あっ……ちょ、やだ……舐めないで……やっ、ヤン……」

「だめです。舐めちゃいます。んっんっ……こんな素敵な乳首、舐めるなってほうが無理です……旦那さんは、どうしてこんな乳首を持つ奥さんを放っておけるんだろう」

「そ、そんな……あっ、ちょっと……だめです……きゃん、はあぁ……」

グニグニと乳肉をしつこいほどにまさぐりながら、つんとしこり勃つグミのような感触の乳首を、ねろねろ、ねろねろと舐めころがした。

「ひゃん。ひぃん」

舌を押しつけ、跳ね上げては舐め倒す。

そのたび花映はビクンと身体を小さく震わせた。「いや。いや……」と快感よりは羞恥やとまどいを露にし、何度も激しくかぶりをふる。

しかし圭太は怯まなかった。

女性経験など決して豊富なほうではない。だが、愛を感じた女性に対する真摯な情熱は誰にも負けなかった。

花映が不感症だなんて、本気で信じているわけでもない。

不当な仕打ちと評価に怯え、心も感覚も閉ざしてしまっているのなら、自分のこの手で罪もないこの人を、分厚く硬い殻の中から解放してあげたかった。

「店長……乳首、舐めれば舐めるほど……さらに勃起してきます……んっ……」

――ピチャピチャ。れろん。

「や、やだ、そんなこと、言わないで……」

「勃起してますよ、勃起。店長のピンクの乳首。んっんっ……」

「い、いや。いやいや、そんな言い方……ああ、だめ。ひゃん……」

右の乳首から左の乳首、つづいて右へ、また左へと、さかんに乳肉を揉みながら、何度もしゃぶる乳芽をかえた。

ピンクの乳首と乳輪は、どちらも涎でドロドロになり、生臭い匂いを放ちはじめる。

「感じませんか、店長。んっ……乳首はこんなにビンビンなんですけど」

「し、知らない。知りません。うー」

乳首は艶めかしくしこっているのに、感じかたは確かにいささか弱い気がした。その上花映は恥じらって、両手で顔を覆い隠してしまっている。

（か、かわいい……）

そんな女上司の振る舞いは、職場での厳しい彼女とは別人のようだった。

圭太は父性を刺激され、ハートばかりか股間のペニスも、キュンキュンと甘酸っぱくうずかせる。

（大丈夫ですよ。絶対に感じさせてあげます。この俺が……必ず）

花映への愛おしさは、自然に彼女への淫らな欲望に変質した。

「きゃ……えっ」

二つの乳首をおのが唾液で穢しまくった圭太は、人妻の身体から位置をずらすと、不意打ちさながらにブルーのデニムをズルズルと脚から脱がしはじめた。

5

「あぁん、チーフ、やだ……」

「だめです。脱がせちゃいます。店長の裸が見たいんです」

「は、裸って……そんな……あはぁ……」

剝き出しになった花映の脚は、ほどよいムチムチ感をたたえながらも、同時に長くて形がよかった。

恥じらって暴れるせいで、太腿の肉がブルンブルンと健康的に震える。内包した脂肪の、たっぷりとした量感を鮮烈に伝えた。

エロチックに震えてみせるのは、脹ら脛も同じである。そうした花映のセクシーな脚から、デニムを脱がせてベッドの下に放った。

短い靴下も二つつづけて毟りとり、デニムにつづいて床に放る。

「あぁん、だめぇぇ……」

(ああ、すごい)

とうとうベッドの上に、全裸に近い花映の肢体が現出した。身につけているのは、股間を包む純白のパンティだけである。

パンティは、ブラジャーと揃いの品のようだ。

清楚さ溢れるレースの縁どりがあった。小さな三角の布が、窮屈そうにピッチリとやわらかそうな股間の肉に食いこんでいる。

「た、たまらないです、店長。すごい……すごい」

圭太はぐびりと唾を呑み、股間の一物をうずかせた。

もはや服など着ていられず、自分の身体からも着ているものを矢継ぎ早に脱ぎ捨てて、一糸まとわぬ姿になる。

すると、ブルンと雄々しくしなりながら猛る怒張が露になった。

「——ひっ。はうう……」

まがまがしく反り返る逞しい勃起を、驚いたように目を見開いて花映は見た。

そしてすぐさまはじかれたように顔を背け、生真面目さを感じさせる楚々とした美貌をますますカーッと赤くする。

「はぁはぁ……て、店長。たまらないです。ほんとにたまらない」

いきり勃つ極太をビクン、ビクンと震わせつつ、もう一度圭太は訴えた。

「チ、チーフ。いや……」

「こんなすごい……いやらしい身体を見ちゃったら。もう俺……俺」

「きゃあああ」

衝きあげられるような激情に抗（あらが）えない。

恥ずかしさにかられて閉じようとする花映の両脚を、強引に掬（すく）いあげた。

「いやっ。いやあ……」

赤ん坊におしめを替えるようなポーズを強いる。しかもそれだけでは収まらず、やわらかな内腿に指を食いこませるや、身も蓋もないガニ股開脚を強要する。

「やっ……いやあぁ……チーフ、こんな格好……」

「ああ、店長」

「ひゃあああ」

いやがって暴れる花映に有無を言わせなかった。

まる出しにさせた純白のパンティに、唇をわななかせてふるいつく。ふかしたての肉まんを思わせるヴィーナスの丘が、ふにゅりと艶めかしくひしゃげて震えた。

圭太はふたたび舌を飛び出させる。パンティの上からあたりをつけ、ワレメとその上のクリトリスをすかさずねろんと舐め上げる。

「きゃあああん」

その途端、花映の喉からはじけたのは羞恥にまみれた悲鳴だった。

こんな恥ずかしい姿は一秒だって堪えられないとばかりに、必至に両脚をばたつかせ、圭太の拘束から逃れようとする。

だが圭太は、なおも花映をガニ股姿のまま責め立てた。

こうして責めていく内に、彼女の羞恥心がマゾヒスティックな昂揚感に変質するかも知れないという淡い期待もあった。

「て、店長……ゾクゾクします。店長が好きです……ああ、店長」

「ヒイィ。ああぁん……」

──ピチャピチャ。れろん。れろん。

「いやン。だめだめ。やめてください、チーフ。あぁあ……」

暴れる花映を獰猛な力で押さえこみ、パンティごしにその秘割れに何度も舌を擦りつけた。だがやはり、快感よりも恥じらいが勝るらしい花映は、

「い、いや……舐めないで。こんなかっこ、だめ。は、恥ずかしい。ああん……」

必死になって身をよじり、圭太の責めからの脱出を試みる。

(ああ、店長)

上質なシルク素材の布ごしに、甘酸っぱさいっぱいの陰部の香りがふわりとした。

鼻腔いっぱいに染み渡る、嗅いではいけない禁断の香りと、舌で舐めれば舐めるほど、フニフニと艶めかしくひしゃげる女陰の感触に、ますます圭太は興奮する。

「はぁはぁ……店長……店長……」

──ペロペロ。ペロペロペロ。

「ひいぃん。いや。舐めないで……そんなに舐めないでぇ。あぁん、いや……」

「恥ずかしがらないで。舐めちゃいます。店長のことが好きだから……大好きな人の

身体だから……こんなにいっぱい舐めちゃいます……」

「ああん、やだ。だめぇぇ……」

圭太はペロペロと、たっぷりの唾液とともにパンティの上から肉割れを舐めた。勢いをかって左右の白い内腿にも、唾液をまぶしながら何度も舌をしつこく這わせる。

「やぁぁん。やあぁぁん」

(……うん？　脚を舐めた方が、声の感じが……)

ワレメへのクンニより、内腿を舐めた方が幾分声が艶めかしさを増す気がした。

やはりM字開脚姿でのクンニは、花映には恥ずかしさが強すぎたか。

彼女の声に煽られるように、むちむちした美脚を解放する。

しかし引きつづきれろれろと、健康的に肉の乗ったフルフルの太腿をしつこく何度も舐めしゃぶる。

「や、やん……やん、やん……ど、どうしてそんなとこを舐めるのですか。ああん」

「んっんっ……舐められたことないですか、店長……んっ……」

「な、ない……舐められたことなんて。いやん、だめ……そんなに舐めないで」

「だめです。舐めちゃいます。店長はもう、俺の飴です。最高の飴です……」

——ペロペロ。ペロペロペロ。

「きゃあぁ。だめぇぇぇ……」

調子に乗った圭太は、太腿から膝へと舌を下降させ、膝裏の窪みをピチャピチャと舐めた。

「きゃん。ヒイィン……」

膝から脹ら脛へと何度も舌を下降させると、時折花映は思いがけず、ヒクンと身体を痙攣させる。

「や、やん。あっ、ヒィン。舐めないでください。汚いです。そんなに、身体……いっぱい舐めたら……」

「汚くない。全然、汚くなんか……んっんっ……店長、いっぱい感じて……」

「ひはあぁ……」

飛び出させる舌に、ブヂュブヂュと大量の唾液が分泌した。

圭太はそんな舌を卑猥な刷毛(はけ)にして、ねっとり、べっとりと艶やかな脚に、生臭い唾液を塗りたくっていく。

「あああ、嘘でしょ。そんなとこまで……ヒイィン……」

脹ら脛から足首、くるぶしまでをも夢中になって舐めた。そしてついには足の指を、一本一本丹念にしゃぶって唾液まみれに穢していく。

「ああ、店長、かわいい指。んっんっ……」

「か、かわいくないです。指なんて……やだ、だめ、チーフ……あああ……」

自己申告の言葉通り、こんな風に執拗に舐められることは経験がなかったのだろう。驚き、とまどい、恥じらいながらも、圭太がピチャピチャと音を立てて足の指を舐め立てれば、

「ひうう。うー。んんぅぅ……」

次第に花映の喉からは、それまでとは趣の違う艶めかしい声がこぼれだす。

(少し感じてきた……?)

「ううっ、店長……指と指の間のここ……感じませんか……?」

「えっ、ええっ……」

——ねろねろ。ピチャピチャ。

「ヒイィン。ああん、やめて……く、くすぐったい……」

「くすぐったいだけ? んっ……」

——れろれろ。ピチャピチャ。ぢゅるぢゅ。

「アアァン、だめ。やん、鳥肌が……ああ、どうしてそんなところまで……」

「かわいいからです、店長が……かわいくって、かわいくって……んっんっ……」

――ピチャピチャ。ねろねろねろ。

「んあぁっ。や、やだ、私ったら……変な声……!?」

「いいんです。気にしないで。そのまま自分を解放して。んっ……」

「いやっ、だめ。あぁあ……」

たっぷりの唾液と愛情とともに、花映の両脚をその指まで一本残らず時間をかけて舐めしゃぶった。そのかいあって花映の身体からは、ぐったりと弛緩した気配が感じられるようになってくる。

（……よしっ）

「ああ、店長……」

「きゃっ。えっえっ、ええっ？」

圭太は次の行動に移った。

すばやい動作で花映の肢体を回転させ、四つん這いのポーズを強いる。つづいて自分も位置を変えた。彼女の身体の下に身を潜らせ、シックスナインの態勢になる。

「チ、チーフ、きゃん」

目のまえに、挑むように突き出された豊艶なヒップがあった。圭太はパンティに包まれた臀肉をわっしと両手で鷲づかみにする。

「店長、お願いです。俺のち×ぽ……握ってください」

「えっ……ええっ？」

「握って……握ってください」

「はうう……」

熱っぽい口調で懇願され、花映はしかたなく圭太の怒張を握りしめた。

(あああ……)

「ヒィイン、熱い……」

「そ、そうです。熱いです。しかも、硬いですよね……店長のことを思うと、こうなってしまいました。男はその人をかわいいと思うと、ち×ぽがこんなにバッキンバキンに硬くなる生き物なんです。そして——」

圭太は指を伸ばす。パンティのクロッチを、クイッと脇にやった。甘酸っぱい匂いをふりまいて、大陰唇から肉ビラを飛びださせた生々しい牝割れが露になる。

「きゃああ……」

(ああ、見えた。とうとう店長のオマ×コが)

「そ、そして、女の人のココにこうしたくなります。こんな風に、なにもかも忘れてむしゃぶりつきたくなるんです」

とうとう露出した花映の淫肉に浮き立ちながら、今度は直接彼女の牝華に荒々しく吸いついた。

「あああああ」

その瞬間、この日一番の艶めかしい悲鳴が花映の朱唇から迸る。人妻はビクンと痙攣し、背筋をしならせてヒップを跳ね上げた。

「や、やだ……なんて声、私ったら」

「それでいいんです。店長、しごいてください。俺のち×ぽ……俺は店長の、オ、オ、オマ×コを舐めます。わかりますよね、シックスナインです。んっ……」

──ピチャピチャ。

「ああん、や、やん……やんやん……だめ、恥ずかしい……ああ、そんなとこ……」

「恥ずかしがらないで……店長、しごいて……お願いです、しごいてください」

「うーうー」

「店長……」

「じょ、上手じゃないんです……へたくそだって……うちの主人が……」

「いいんです。しごいて……」

「はうう……」

——しこしこ。しこしこしこ。

「うおっ。おおおお……ああ、店長」

——ピチャピチャ。ねろん。ねろねろ、ねろん。

「きゃあああ。ああ、だめ、チーフ、恥ずかしい……あああぁん……」

強い調子で求められ、ついに花映はしこしこと圭太の勃起をしごきはじめた。

たしかに本人も言う通り、技巧などとは無縁の手コキだった。ぎくしゃくとぎこちなく、とまどいと恥じらいに満ちている。

しかし圭太はうれしかった。

職場での堅物そのものの花映を思い出すと、ますます淫らな興奮が増す。

あの店長——水野花映という真面目な上司が、恥じらいながらもいやらしい手コキまでして見せてくれているのだ。

「そ、そうです。しごいて……もっともっとしごいて。ああ、店長、気持ちいい」

「ひうう、チーフ……」

「店長はどうですか。オマ×コ、気持ちよくないですか。んっんっ……」

「はぁぁん。ああ、だめ、はあぁぁ……」

6

ペニスから湧きあがる得も言われぬ快さにうっとりとした。

圭太は女陰にむしゃぶりつき、ピチャピチャと音を立てて花芯をあやす。

「はうう、チーフ……だめ、汚い……そんなとこ……」

「汚くない。全然汚くなんか……ああ、店長。んっんっ……」

「ヒィン。ヒイイィ……」

花映の秘丘にもやる恥毛は、どこまでも淡く儚(はかな)げだ。刷毛でひと梳(す)き流したような佇まいの茂みは薄く、猫毛を思わせる繊細さである。

そんな秘毛の園の下に、女上司の局所はあった。初めて目にした花映の牝肉はまだなお硬く、ほぐれきらないままである。

ふかふかとやわらかそうな大陰唇が、こんもりと左右から盛りあがっていた。

そんな大陰唇を押しのけようとするかのように、貝肉を思わせるエロチックなビラビラが、ぴょこりと中から飛び出している。

縦に走る亀裂は、複雑そうな稜線を見せていた。ぴたりと閉じた陰唇のあわいからは、愛液らしき淫靡な潤みもほんの少しだけ見てとれる。

だがそこが、淫らな発情からまだほど遠いことは、一目瞭然だった。

そうした牝肉をれろれろと、圭太はさかんに舐めほじる。ワレメの狭間に舌をすべりこませ、上へ下へとクンニした。

「きゃん。ああン……」

秘割れの真上に鎮座するクリトリスにも舌を擦りつける。

さすがに花映の声も、一段と艶めかしさを増した。舌と陰核が戯れあうたび、ビクン、ビクンと半熟の火照った身体を痙攣させる。

ぱっくりと割れた尻の谷間の奥底に、淡い鳶色をした肛肉が見えた。皺々の卑猥な肛門は、見られることを恥じらうように何度もヒクヒクと穴をすぼめる。

「はうう、チーフ……ごめんなさい……ご、ごめんね……」

しこしこと、ぎこちない手つきでペニスをしごき、圭太の舌舐めにエロチックな喘ぎをこぼしながら花映は謝罪した。

「ど、どうして……謝るんですか。んっんっ……」

「あっはあぁ。だって……気持ちよくないでしょ……私なんかに、こんな風にされたって。私、へたで……どうしようもなくて……」

「そんなことないです。そんなこと考えなくていいんです。俺……店長にこんな風にしごいてもらえているだけで、夢みたいです」

「チ、チーフ……」

　圭太の言葉に心揺さぶられたのかもしれなかった。ぎくしゃくとしてはいながらも、花映はそれまで以上に一心に、猛る勃起をしこしことしごく。

「おおお、よ、よかったら……亀頭を擦ってもらえませんか……」

「こ……こう？　ねえ、こう……？」

　――しこしこしこ。しこしこしこ。

「おおお、き、気持ちいい。店長、さっきよりもっと気持ちいいです。ねえ、もっともっと……」

「はうう、チーフ……あっあっ、いやん、だめ、ああ、そんなに舐めたら……」

　花映は圭太に乞われるがまま、少し大きく開いた指の輪で、カリ首の出っ張りを擦過した。

　そのたび圭太は「ううっ。うわあ」と歓喜を露にして身体を痙攣させる。

　そんな彼の反応にもちょっぴり母性をくすぐられたか。花映はフンフンと鼻息を漏らし、いっそう熱烈に肉傘をシュッシュと何度も擦り立てる。

「ああ、店長……店長……んっんっ……」

「きゃああ。あっあっ……だめぇぇぇ……」

甘酸っぱさいっぱいの電撃が、くり返し鈴口から火花のように閃いた。

圭太はお返しのようにして、さらに熱っぽい怒濤のクンニで、花映の淫裂を舐めしゃぶり、莢の中に姿を隠した敏感な肉芽をねろねろと舐める。

「ああん、やだ、だめ、困る……はあぁ……」

時間をかけた丹念な、美脚への舐め奉仕がいくらか効果的だったのか。花映は次第に少しずつ、エロチックな声を上げてくれるようになってくる。

しかも——。

「ああ、店長……感じてきてくれましたか？　少しずつ、マ×コ汁が……」

れろれろと、舌であやしつづけるワレメの下部。子宮へとつづく肉穴が、ヒクヒクと何度も開口と収縮をくり返すようになってきた。

そのたび牝穴の奥からは、少しずつではあるものの粘りに満ちた不埒な汁が、甘酸っぱい匂いとともに溢れ出すようになった。

「い、いや……知らない……そんなこと言わないで……ああん、チーフ……」

「店長……ああ、かわいい……店長……店長っ」

「ああああん、だめ……こんなの困る……困ります……ひううぅ……」

「うおおお……」

花映の女体はじわじわと、当初とは異なる淫靡な昂ぶりを示しはじめた。

自らの身体の変化に本人がとまどい、恥じらいをおぼえているのもわかったが、そんな上司の究極湿地を、圭太はさらにねろねろと、息つく間もなく責めつづける。

「はぁはぁ……はぁはぁはぁ……んっんっんっ……」

「あはあぁ、チーフ……やだ、だめ……あっ、ヒイィン……」

「おお、店長……き、気持ちいい。もう出ます。俺、もう射精します」

「んあぁぁ、チーフ……」

圭太の射精宣言を聞き、花映の手コキは一気に速まった。

拙（つたな）いながらも愛情溢れる一心な手つきでしこしこと、吐精寸前の肉幹を上へ下へと擦過する。

「うおお、気持ちいい。ほんとに気持ちいい。店長、ほんとに出ます。んんぅ……」

肉棹が射精へのカウントダウンを開始した。

極太にしびれるほどの快美感をおぼえつつ、最後の力をふり絞って猛烈なクンニをお見舞いする。

ヌメヌメ感を増したワレメは、ローズピンクの粘膜をじわじわと露出しはじめていた。そんな亀裂をさかんにこじり、肉穴をグリグリと舌先でほじくる。

「あああああ」

肉の莢から飛び出させんばかりの勢いで、真珠の色をした大きな牝芽を舌でコロコロと何度も転がす。

「ヒイイ。やだ、私……!? はうう……んはぁ……」

――しこしここしこ。しこしこしこしこしこ。

「あああ、だめ……もうだめです。出る出る出る……あああああ……」

「はああ、チーフ……あん、チーフ。うあああああっ!」

――どぴゅどぴゅ! びゅるる、ぶぴぴぴっ!

「きゃあああ」

「ああ、店長。す、すみません……」

ついに圭太はオルガスムスの頂点へと突き抜けた。

決壊した怒張がビクビクと痙攣し、煮こみに煮こんだザーメンを、治外法権の荒々しさで、どぴゅり、どぴゅりと飛び散らせる。

そんな無作法な精液は、火照った花映の美貌をたたいた。

鼻や頬、口のまわりばかりかビチャビチャと彼女の眼鏡のレンズまで、湿った音を立ててぬめらせていく。

てっきりよけるかと思ったのに、花映はそうしなかった。

そんな上司のふるまいにいささか驚きながらも圭太はなんだかちょっとうれしい。

「はううッ……チーフ……あぁん、す、すごい……はあぁ……」

「店長……おおお……」

狂ったようにペニスをしごいていた花映は、ようやくその動きを止め、噴き出す汁を受け止めた。

生臭い栗の花のような異臭が見る見るひろがる。匂いは無数の霧のようになって、圭太の内腿や腹にまでべっとりとシミのように粘りついた。

射精をはじめた一物は、花映の指の中で何度もドクドクと脈動した。

白く美しい指がドロドロの白濁でいやらしくぬめる。それでも花映はどす黒いペニスをギュッと握りしめている。

「ああ……すごい。はぁはぁ……こんなにいっぱい、出して。はうう……」

「て、店長……」

「ほんとに……気持ちよかったのですか？　私なんかの、こんなしごきかたで……」

乱れた息をととのえながら、恥ずかしそうな声で花映は圭太に聞いてきた。

「は、はい。メチャメチャ気持ちよかったです。最高でした」

「チーフ……」

圭太の答えを耳にした花映は、恥ずかしそうな、それでいてどこかうっとりと幸せそうな顔つきになって、プリプリと大きな尻をふり、ようやく怒張から指を放した。

残念ながら、アクメに達したのは自分一人。花映をめくるめく絶頂まで導いてやることはできなかった。

しかし圭太は射精の悦びに酔いしれながら、一人密かに確信していた。

(やっぱり……やっぱりこの人は不感症なんかじゃない)

「はぁはぁ……はぁはぁはぁ……」

花映は背筋を上下させ、なおも荒い呼吸をつづけた。

彼女の眼鏡は熱気と精液で生々しく曇り、とろけた糊のようなザーメンを滴らせていた。

第三章　職場での淫戯

1

その日はさすがに、花映も緊張していた。

なにしろ本部から、常務取締役の夏川孝司（こうじ）が××店の視察にやってきたのである。

無理もない。

「で……準備は進んでるわけ？　そのジャズライブとやらは」

狭い事務室の小さなテーブルを囲んで、夏川と花映、圭太の三人が座っていた。

夏川はいやみたっぷりな笑みを口もとに浮かべる。どこか小ばかにしたような顔つきで、花映を、つづいて圭太を見た。

年齢は四十二、三歳といったところか。

細身で二枚目。

色街の男を彷彿させる艶っぽい雰囲気もあるが、どこか崩れた感じもする。

「はい、順調です」

花映のかわりに、居住まいを正して圭太は答えた。

夏川には進捗報告のための書類を渡している。同じ書類は花映と自分のまえにもあった。

「地元を中心に活躍しているセミプロジャズトリオが出演してくれることになり、彼らと本番に向けて準備を進めています」

圭太は書類を見ながら夏川に説明した。

「セミプロといっても、出演してくださるメンバーはなかなかの顔ぶれで、リーダーのピアニストは若いころ――」

「そんなことはどうでもいい」

鬱陶（うっとう）しそうに鼻に皺をよせ、ヒラヒラと手をふって夏川は言う。

「聞きたいのは、ほんとにこんなこと、やる価値があるのかってことだよ」

イライラとした様子を隠そうともしなかった。目のまえに置いたまま手にとろうともしなかった書類をトントンとたたいて花映を見る。

「……あると思います」

テーブルの上に視線を向けたまま花映は言った。

「思うじゃ困るんだよ」

「あります」

いやみっぽく言われ、彼女はすぐに言い直す。緊張した様子ながらも、キッと真向かいの夏川を見た。

「立地条件、人口などから判断する限り、この店のポテンシャルはまだまだこんなものではありません。月に一度、定期的にこうしたイベントを継続してしかけていくことで、必ず店の認知度は高まり、集客にも反映していくはずだと――」

「うちはコーヒーショップなんだけどなぁ」

花映の言葉をさえぎり、椅子の背もたれに体重を預けて夏川は彼女を睨む。

「コーヒーショップなら、あくまでもコーヒーを武器にして店舗の建て直しを考えるべきだと思うけど」

「もちろん、そうした方向からのアプローチも進めています。ご報告したとおりです」

花映はいくぶん気色ばんだ。

「当店限定のオリジナルブレンド『初恋』の販売を開始したのは、常務がおっしゃったようなコーヒーショップならではのプライドからです。そして『初恋』は当初の予想以上の売り上げを実現しています。ですが、コーヒーショップはコーヒーを売っていればいいというのは、やっぱり違うと私は思います」

（店長……）

常務取締役に必死に訴える花映は、本部のお偉方をまえにしてかなり緊張していたが、それでも頼もしかった。

「コーヒーショップは広場のようなものだと思います。少なくとも私は、街のみんながワイワイと集まってきてくれる、そんな場所を提供したいです。たいせつなのは、お客さまの笑顔です」

花映は身を乗りだして主張した。

「しかもそこに、おいしいコーヒーがあればもう最高です。たいせつなことは、みんながつい集まってきたくなるような、魅力のある空間を創りだすことです。そのためにイベントが必要なら、どんどんやるべきです。やらない理由がありません」

（かっこいい）

圭太は花映の横顔をチラッと盗み見て、改めて惚れ直した。

日ごろはクールなこの人の内側にたぎる、仕事人としての熱さと一途さが感じられ、しびれるぐらいである。

返す返すも、二人の今後に関する花映の判断が残念でならないと、こっそりとため息までついた。

——あの、ああいうことはもう二度と……あの晩の決断は、私の過ちでした。申しわけありません。

花映との夢のようなひとときを持つことができた翌日、誰もいないところに呼び出された圭太は、はっきりとそう言われた。

あの夜のことは、あくまでも酔った上での過失。今後二度と、ああした形で関係を持つことはないと、きっぱりと拒否されてしまったのである。

圭太にしてみれば、失望は激しかった。天にも昇る心地でいたところだっただけに、冷や水を浴びせられたような気にすらなった。

しかし、無理強いはできない。花映がそう望むのなら従うしかなかった。

圭太は無念をおぼえながらも彼女の意思を尊重し、本音をひた隠しにしたまま、部下として彼女をサポートする日々を送りつづけていた。

（がんばってください、店長）

心中で花映を応援しつつ、ギロッと夏川を睨む。なんでもいいがこのボンボンは、さっきからどうも態度が気に入らなかった。

圭太のことなど頭から歯牙にもかけない、あからさまな見くだしかたにもかなりムカつくものがある。

夏川珈琲を一代でここまでにした創業者の現社長は、立志伝中の人物。

人格者だという話だった。

目のまえで薄ら笑いを浮かべて話を聞いているこの男は創業社長の息子だったが、どうやら創業者が豊饒に持っている人徳のようなものは、息子には授けられていないようである。

「相変わらずだな、花映」

店長の話を最後まで聞いた夏川は、あきれたようにお道化てため息をついた。

(花映?)

圭太は違和感をおぼえる。

下の名前を呼び捨てにするとは、ずいぶん親しげではないか。

それともこの男は、本部にいる部下たちには誰にでも気やすくこんな風に下の名で呼びかけているのであろうか。

「大学生でもあるまいし、なんでもかんでも文化祭のノリでやっていけると思うなよ」

話はここまでだと言うように、帰りじたくをしながら夏川は言った。

そうした夏川の捨て台詞に、花映は色をなす。

「そんな。私は、決して文化祭のノリでなんか――」

「親父は好きなんだよな、おまえのこういうノリ」

花映の言葉を大きな声でさえぎり、困ったように眉をひそめて夏川は花映を見る。

「うっ……」

花映は小さく呻き、つづく言葉を飲みこんだ。眉間に皺をよせ、グッと肉厚の朱唇を嚙みしめる。

「でも……俺はどうも苦手だ、おまえのこういうコーヒー屋らしくない部分」

「……申しわけありません」

「だから俺たち……夫婦としてもだめなのかもな」

（はっ？）

夏川の言葉に、圭太は虚をつかれた。

（今、なんてった……えっ、ええっ。ふ、夫婦⁉）

とだ。

改めて花映に声をかけたのは、二人してショップの入口まで夏川を見送りに出たあ

「あ、あの……店長」

花映は硬い顔つきで事務室に戻った。圭太はそんな彼女を追って部屋に入り、居心地悪そうな背中へとうろたえた声をかけたのである。

「そうです。あの人が……夫です」

圭太がなにをたしかめたいと思っているのか、とっくにわかっていたようだ。花映はこちらをふり向き、弱々しく微笑んで言った。

「私、仕事のときだけ旧姓を名乗っているのです」

「そうだったんですか……」

やはりと、圭太は呆気にとられる。

それではこの人は、夏川珈琲の次期社長夫人だったのだ。そんな雲の上の存在だなどとは夢にも思わず、自分はこの人をベッドに押し倒し、あんなことやこんなことをしたのである。

「……驚きましたか」

「そ、それは……やっぱり」

「でも……あのときも言ったとおり、もうとっくに仮面夫婦なのですけどね」

「店長……」

テーブルの上に広げていた書類をしまいながら、自嘲的に笑って花映は言う。そんな上司の横顔は、やはりどこか寂しげだった。

「義父……社長が、新入社員として本部に入った私のことをとても買ってくれたのです。私が本当にコーヒー好きなんだってわかると、じつの娘のようにかわいがってくれましたし、信じられないようなチャンスもいろいろとくれました。夫が私との結婚を決めたのも……社長に強く勧められたからというのが大きかったと思います」

「なるほど……」

「ですから……じつは義父にも、申し訳ないことをしているのです」

「そんな……」

「最初は、今みたいな感じじゃなかったんですよ、夫とは」

圭太のほうを見て、困ったように笑う。スクエア型の眼鏡の位置をそっと直した。

「もっと、ふつうに笑ったりしゃべったり。うん……愛してもらっているっていう実感もありました。でも、そういう幸せな時間は……長くはつづかなかった」

「店長……」

「私が……女として、とんでもなくつまらないってわかってしまったみたいで」

「そ、それは違います」

つい言葉に力が入る。花映の言いたいことは察しがついた。だが、それが事実ではないことも、すでに圭太にはわかっている。

「だからあの人……毎日、浮気三昧なんです……」

そんな圭太の視線から、とまどったように顔を背けた。

道化た調子で花映は言う。

「いったい何人、そういう女性がいるのか怖くって、間違ってもあの人のスマホなんてこっそり見ることができません」

「店長……」

二人の間に沈黙が訪れた。圭太は、やがて花映に聞く。

「どうして、離婚なさらないのですか」

「どうして……」

「つらい思いをしているのに、どうしてそれでも我慢して仮面夫婦のような生活を」

「私ね」

照れくさそうに、花映が笑った。圭太のほうに身体を向け、彼を見上げる。

「いつか、自分だけのコーヒーショップを創りたいって思っているのです。チーフと同じように」

「えっ」

圭太は目を見開いた。

「じ、自分だけの、コーヒーショップ？」

「はい。そのために、今はすべてが勉強だって思っています」

「店長……」

「夏川珈琲という会社から得られるものは、決して小さくありません。でも、あの人と別れたら……」

「もう夏川珈琲では、働けなくなる……」

そういうことなんですねとたしかめるように、圭太は聞く。彼の言葉の正しさを証明するかのように、花映はなにも言わなかった。

（店長……）

そんな花映のいじましい姿に、圭太は今日も甘酸っぱく胸を締めつけられた。

花映は本当にコーヒーを愛し、コーヒーショップ経営というこの仕事にやりがいを感じているのである。そうした自分の未来の夢とせつない現実の板挟みになり、この人はまた、一人密かに苦悩しつづけている。

圭太は複雑な思いにかられた。ここは職場であるというのに、もう少しであとさき顧(かえり)みず、この人を思いきり抱きすくめそうになった。

2

その日は、女子大生の杏奈の最終勤務の日であった。

「杏奈ちゃん、ほんとにお疲れ様でした。いろいろとありがとうね」

「こちらこそ、お世話になりました。ありがとうございました」

閉店をした店内の、大きめのテーブルを挟んで向かいあっていた。テーブルの上には紙コップに注いだ二人分のコーヒーが置かれている。

オリジナルブレンド商品「初恋」だ。

「それにしても……まさかアルバイトだけじゃなく、大学までやめちゃうなんてびっくりしたよ」

熱いコーヒーをすすり、口中にひろがる苦みと甘みにうっとりしながら圭太は笑った。

「でも、寿退社とはめでたいなぁ」

「あ、あはは。そんな、そんな……」

圭太の軽口に、杏奈ははにかんだ笑顔で答える。すでに仕事は終わっていたが、彼女はまだ夏川珈琲のユニフォーム姿のままだった。

白い生地にグレーのストライプが走った半袖シャツと、黒のスラックス。腰には濃いグレーのエプロンを巻いている。シャツの左胸には、店名ロゴと彼女の名前が書かれた小さなプレートがあった。

「正直……そんなに、めでたいわけでもないんですけど」

可憐な美貌を赤らめ、杏奈は恥ずかしそうにうつむいた。両手の指をひとつに組み、落ちつかない様子で親指同士を戯れあわせている。

「そんなことないでしょ。めでたいじゃない」

湿りかけそうになった雰囲気を、一蹴するつもりがあった。圭太は必要以上に快活に言い、「あはは」と笑ってみせさえする。

杏奈は、田舎の名門旧家の娘だった。

実家の家業は、その地方では老舗とうたわれる大きなホテルだったが、時代の波には抗えず、その経営状態は決してよくなかった。

そんな杏奈の両親に、出資を約束した富豪の御曹司がいた。

帰省した杏奈を見そめたその御曹司は、彼女との結婚を条件に、ホテルの経営再建に協力をしようと杏奈の両親に申し出たのである。

両親——特に、長いつきあいだったメインバンクの地銀から融資を断られて焦っていた父親は、その話に飛びついた。

明治のころからつづいてきた実家の伝統と名誉を維持し、数十人にものぼる従業員たちを路頭に迷わせないようにするために、杏奈は親に土下座され、自分の未来を決めたのである。

このところ、柄にもなくミスがつづいたりした理由も、そうしたプライベート面でのいろいろなことが関係していたのだった。

「ただ、ひとつだけ……ちょっぴり残念なことがあるとしたら」

重苦しくなりがちな雰囲気に抗い、圭太はお道化て杏奈に言った。

「フライトアテンダント姿の杏奈ちゃんの姿が、拝めなくなったことかな」

「ああ……」

圭太の言葉を聞いて、杏奈は困ったようにテーブルに目を落とした。コーヒーカップを白い指にとり、小さな音を立てて琥珀色の液体をすする。

「どっちみち……なれなかったと思います。私なんか」

「いや。そんなことはないって」

「なれなかったです。そもそも私には、なにかが決定的に足りなかった気もします
し」

「なにかって」

自分を露骨に卑下するような物言いが気になったが、気づかないふりをして圭太は聞いた。

「情熱、かな」

杏奈は考えたすえ、笑顔とともに言った。

「情熱」

「うん。チーフや店長が、コーヒーやこのお店に対していつも燃やしているような」

「えっ」

それは、不意をつかれる真摯さだった。ストレートの直球を、渾身の力で投げこまれたような気持ちになる。

「杏奈ちゃん……」

「真剣ですよね、チーフも店長も。こと、仕事やコーヒーのことになると」

羨ましそうな笑顔になって、杏奈は圭太を見た。しかしその瞳には、すぐにじわじわとせつない潤みが増しはじめる。

「いや。あの……」

「怖かったです。二人とも、真剣すぎて。けど、なんて言うか……うん、羨ましさもあったかもしれない、同時に」

白い指で目元を拭い、泣き笑いのような顔つきになって杏奈は言った。

「見ていて眩しかったっていうか。チーフも店長も。ああ、私もこんな風に生きたいなって、じつは何度も思いました」

「杏奈ちゃん」

「今だから言いますけど、憧れでした。特に……チーフのことは」

（えっ）

圭太はとくんと心臓を躍らせた。泣きながらこちらを見つめる杏奈の表情には、胸を締めつけられるようなものがある。

その上なぜだかその美貌には、ゾクッと鳥肌立つような妙に色っぽいものもあった。

「でも私は、お二人みたいには生きていけない。結局……こんな形で次の人生を歩きはじめることしか、できないような女だったんです」

「そ、そんな……」

自嘲的に言ってうつむいてしまった杏奈を、圭太は持てあました。

最後の最後に、チーフと二人きりでコーヒーが飲みたいです、この職場で——そう言われて設けた機会だったが、まさかこんな展開になるとは予想もしていない。

なんと言って声をかけたらいいのか、圭太は言葉を探しあぐねた。

すると——。

「チーフ」

うつむいたまま、杏奈が言った。

「……は、はい」

「抱いてください」

「……えっ？」

可憐な娘が顔を上げた。

アーモンドのように切れ長の瞳から、ボロボロと涙が溢れている。

「あ、杏奈ちゃん……」

「抱いてください。お願いです」

溢れ出しているのは、涙だけではないようだ。

杏奈は椅子から立ち上がる。テーブルをまわると、圭太のほうに急接近した。

「えっ、あの……」

「チーフ……チーフ」

(ええっ？)

涙に濡れた瞳を細め、声を上ずらせて圭太を呼んだ。身も世もなく泣きながら、あらん限りのせつない力で、彼の身体をかき抱く。

——むぎゅっ、ぎゅう。

「あ、杏奈ちゃん……？」

「思い出が……私にだって、思い出……こんな素敵な時間があったんだって……私にだって」

「あっ……」

言うに言えない想いを口にしながら、杏奈は圭太の手首をつかんだ。有無を言わせぬ一途さで、自分の胸へとそれを導く。

(わわっ)

杏奈の胸に五本の指を押しつけられた。ストライプの半袖シャツの胸元が、圭太の指を道連れにしてふにゅっとひしゃげる。

「杏奈ちゃん」

「いやです、引かないで。私、死にそうなぐらい恥ずかしいです」

あわてて腕を放そうとした。

すると杏奈は必死な様子で、圭太の手の甲に自分の手のひらを熱っぽく重ねる。

「あの、あの」

「揉んでください。お願い、揉んで……」

「杏奈ちゃん」

「私のことなんか、なんとも思ってないってわかってます。チーフ……店長のことがお好きですよね」

圭太は絶句した。仰け反って、杏奈の顔を見ようとする。

「顔見ないで」

「むんぅ……」

そんな圭太の唇を、すぐさま杏奈の朱唇が封じた。ぽってりとやわらかな肉厚の唇が、ぐいぐいと押しつけられてくる。

「んんっ、あ、ちょ……杏奈、ちゃん……んんぅ……」

しかも、杏奈は圭太のもう一本の腕もつかみ、あまっているほうのおっぱいに押しつけた。両方の手の甲に自分の手のひらを重ね、「揉んで、揉んで」とねだるかのように、自らグニグニと十本の指を開閉する。

（うおっ。おおお……や、やわらかい）

圭太は完全に浮き立った。

指に感じる豊乳の柔和さは、制服と下着ごしだというのにとろけるような触感だ。揉めば揉むほど淫靡な張りを増し、若さ溢れる弾力をはちきれんばかりに見せつける。

「チーフ……」

「……えっ」

「好きでした」

「──っ。あ、杏奈ちゃん……」

「んっんっ……もっと早く……好きって言っちゃえばよかった……」

「おおお……」

……ピチャピチャ。れろん、ヂュチュ。

圭太に自分の乳をまさぐらせつつ、杏奈は熱烈なキスで彼の口を吸った。フンフンと切迫した鼻息をこぼし、右へ左へと顔を振る。

（杏奈ちゃん。俺のことを、そんな風に）

気づかずにきた、可憐な女子大生のかわいい想いにキュンと胸をうずかされる。

そう言われれば何回も、なにか言いかけては笑ってごまかす杏奈の姿を目にしてきた。もしかしたらあのときこの娘はと思うと、圭太はますますいたたまれなくなる。

「はうう、チーフ。んっんっ……」

「おおお……杏奈ちゃん……」

拙いながらも愛情溢れる、本気の接吻責めだった。とまどう圭太をぜがひでも、男から牡に変えようとする。

「いいんです、私は思い出だけで……チーフには、店長のほうがあってます……」

「そんな……」

「お似合いですよ、お二人……悔しいけど、私じゃ無理……でも――」

「あっ……」

圭太は自分の目を疑った。

それは普段の彼女からは想像もできない大胆さだった。馬に騎乗するジョッキーのように、強引に圭太にまたがって至近距離で彼と向きあう。

3

「あ、杏奈ちゃ――」

「いやです。もっとエッチな顔になって」

杏奈は泣きながら、いやいやと激しくかぶりをふった。涙のしずくを飛び散らせつつ、自らシャツのボタンをはずし、胸元の合わせ目を豪快に開く。

――ブルルンッ！

「うわぁ、ちょ……」

目のまえで、重たげに揺れるたわわな乳房は、キュートな花柄のブラカップに包まれていた。

いつも制服の上から見ていたとおり、露出したおっぱいはFカップ、八十五センチ前後はあるだろう見事な大きさとボリューム感だ。

そんな乳房がたぷたぷと、圭太を誘うように艶めかしく揺れた。

「こ、こうしてください、チーフ。お願いです。こうしてほしいです」

杏奈はふたたび圭太の両手をとる。うろたえる彼に哀切な顔つきで懇願し、カップの下から彼の手をすべらせ、直接生乳房を触らせようとする。

——ふにゅう。

「はあぁん……」

「あああ。うわっ、うわっ、杏奈ちゃん……」

圭太は動転した。強制的としかいいようのない強引さで、とうとうブラジャーの中にまで手を入れさせられてしまう。

十本の指が到達したのは、思いがけない温かさと想像通りのたっぷりとした量感、少し湿った汗の感触まで伝えてくる、禁断のＪＤ（女子大生）おっぱいだ。

左の胸奥ではとくとくと、杏奈の心臓がせつない鼓動を刻んでいた。大胆なふるまいに及んではいるものの、その心中は緊張と羞恥で、いても立ってもいられないはずである。

「も、揉んでください。チーフ、揉んで……」

涙に濡れた瞳で哀願するように圭太を見つめた。必死の思いで訴えてくる。

圭太はそうした杏奈の表情に、たまらず心を奪われる。

（かわいい）

わかっている。そんなことを思ってしまってはいけないのだった。

この娘はすでに、お嫁に行くと決まっている人。彼女を待ちわびる、将来を誓いあった男がいる。

それに自分には、すでに心に花映がいた。それなのに、泣きじゃくる杏奈のおっぱいを触っていると、意志や理性とは関係なく、股間の一物がムクムクと不穏な力を漲らせてしまう。

「あ、あの、杏奈ちゃん。俺の心には……杏奈ちゃんの言うとおり、店長が……」

圭太は、最後の理性をかき集めた。

花映を愛している。その想いに嘘偽り(いつわ)は微塵もない。

それでもこんな風に、目のまえのかわいい女子大生に鼻息が荒くなり、欲情してしまう自分という生き物がただただ情けない。

「わかってます。これは私のわがままです。チーフには申し訳ないと思っています。でもね……でも――」

すると、駄々っ子のように身体を揺さぶって杏奈は言った。

「今夜だけ。今この時間だけ、私のものになって。思い出、ください。ずっとずっとたいせつにしますから。誰にも内緒で。だから……お願い、興奮して……」

「杏奈ちゃん……」

「興奮してくれなきゃいやです。私、恥ずかしくって死にそうです。お願い……」

「おお、杏奈ちゃん……杏奈ちゃん」

「あああああ」

なんてかわいいことを言うのだと、父性本能を刺激された。圭太の中で、なにかがぷつりと音を立てて切れる。

その途端、十本の指はネチネチと、鷲づかみにした乳塊を、熱っぽく、いやらしく、くり返し、くり返し、揉みはじめた。

――もにゅもにゅ。もにゅもにゅ、もにゅ。

「あっ……あっ、あっ……あン、チーフ……」

圭太の鼻息がさらに荒くなる。恥じらいと官能を同時に露にする目のまえの娘に、言うに言えない欲望がさらに際限なく肥大する。

「杏奈ちゃん……おおっ……こんな風に誘われてしまったら、俺、もう……」

「いいんです……お願い、我に返ったりしないで……」

訴える圭太に、またもかぶりをふって杏奈は答えた。

「杏奈ちゃん……」

「いやらしくなって……私なんかじゃ興奮しませんか。どうしたらいいんだろう。チーフ、どうしたらもっと……いやらしくなれますか……」

「そんな……」

「こ、こう？　ねえ、こう？」

まさに、思いあまってという感じであった。

羞恥に震えて朱唇を噛みながら杏奈は自らの指でブラカップを一気にズルッと鎖骨まであげる。

「うわあ、これは……」

とうとう露になったのは、たわわな乳果実のダイナミックな全貌だ。浅黒い圭太の指につかまれて、やわらかなふくらみが無残なまでにひしゃげていた。

ふっくらと盛りあがるおっぱいは、旬を迎えたマスクメロンさながらのまるみと大きさだ。抜けるように色が白いはずなのに、恥ずかしさのせいか、それとも体熱が上がってきたのか、ほんのりと薄桃色に火照（ほて）っている。

その上、とうとう圭太は目にしてしまった。乳の頂（いただき）を扇情的に彩っている、生々しい乳輪と乳首の眺めを。

「くうぅ、杏奈ちゃん」

ゾクリと背筋を鳥肌が駆けぬけた。圭太は左右の人差し指を伸ばし、まんまるな乳首をあやすように、スリッ、スリッと擦りたおす。

「あぁん、いやン……チーフ……あっ……あっ……」

すると杏奈は、ビクンとスレンダーな肢体を震わせた。圭太の視線に恥じらうように、涙を飛び散らせてかぶりをふる。

「あっ……いやン、あっ……あっ……」

「おお、杏奈ちゃんの乳首……もう、こんなに硬くなって……」

「いやッ……は、恥ずかしい……チーフ……きゃん……きゃん……あぁぁ……」

なおも圭太はスリスリと乳首を乳輪に擦りたおす。

可憐な見た目とは裏腹に、けっこう高感度な性感の持ち主のようだ。

勃起乳首を乳輪に擦りたおされるそのたびに、強い電気でも流されたように、派手に女体を痙攣させては、そんな自分をそのたびに恥じらう。

「やだ……だめ……はひっ……ひン、あっ……あっ……はあぁ……」

「おおお、こうやって触ると、よけい乳首がガチンガチンに……はぁはぁ……」

「だ、だめです、そんなこと言わないで……恥ずかしいよう……」

「くうぅ。杏奈ちゃん」

「ひゃあああ」

もはやおとなしく、乳肉を揉んでいるだけでは我慢できなくなった。矢も盾もたまらぬという性急さで、圭太は片房の頂にむしゃぶりつく。

「はうう、チーフ……」

「か、かわいい……かわいいなんて思っちゃいけないのに……どうしよう……かわいいよ、杏奈ちゃん。んっ……」

――ちゅうちゅう。れろれろ、れろ。

「はああぁン……やっ、だめ……えっ、えっ……きゃん……あああぁ……」

品のない音を立てて乳首を吸い、ねろねろと舌で舐めころがす。

杏奈の乳芽は、舐めれば舐めるほどさらに淫靡なしこりを増し、何度倒しても、ぴょこり、ぴょこりともとに戻った。

(たまらない)

キーンと耳の奥で耳鳴りがした。次第に息苦しさが増す。

圭太はもにゅもにゅと、二つのおっぱいをねちっこい手つきで揉みながら、右の乳首から左の乳首、そしてふたたび右の乳首へと、飽くことなく交互に吸いついた。

下品に舐めたて、コロコロところがし、ちょっぴりドSに舌でたたく。

「きゃう。きゃう……ああン……」

杏奈はビクビクと肢体を震わせる。

圭太は娘のどちらの乳首も、ねっとりと唾液まみれに穢していった。

ほどよい大きさの乳輪には、艶めかしい粒々が浮かんでいる。若さ溢れる乳の頂を彩る乳輪は、たっぷりとミルクを入れたコーヒーのような色合いだ。

(それにしても、けっこう感じているみたいだな)

杏奈の感度の良さに、圭太はかなりゾクゾクときていた。

かわいい顔をしているくせに、身体のほうは好色だなんて、神さまはなんとも悪戯好きなおかたである。

(店長もそうだけどな)

杏奈に夢中になりながら、圭太はつい花映を思った。

あんなにできるオンナ然としたクールな人なのに、アチラのほうはあそこまでウブで、むちむち女体はいまだまったく未開発。結婚して三年にもなる魅力たっぷりな人妻だというのに、これまた意地悪な神が創った、ほうっておけない女神である。

(でも、今夜はこちらの女神のことだけを考えよう)

圭太はそう思い、花映の幻をふり払った。

花映を思いだしながら抱くなんて、やはり杏奈に失礼だという気がしたのである。

（ううっ……なにをしているのです、私は）

4

圭太も杏奈も知らなかった。

バックヤードへとつづくドアが中途半端に開けられている。その陰にこっそりと身を隠し、一人の女性が完全にフリーズしていた。

花映だった。

身体も心も固まって、全身がしびれっぱなしのまま、ここにいる。

圭太が杏奈に乞われ、二人きりの慰労会を催していることは、事前に聞いて許可を出していた。

退勤した花映は、一度は駅へと向かったものの、思い直して戻ってきたのである。

――町田さん、とてもよくがんばってくれました。あなたなら、もっと高いステージに行ける人だと思って、いろいろとつらいことも言いました。でも、いつも感謝していました。今日まで本当にありがとう。

そう言ってあげたかったが、照れくさくてしっかりと言えなかった。

だがやはり、この店で責任者を務める人間として、きちんと言葉にして慰労してあげるべきではないか——そう考えた花映は、きびすを返して帰ってきた。

スタッフ専用の裏の通用門から店に入った。

そしてバックヤードから、フロアへとつづくしきりのドアを開けた途端、思いがけず飛びこんできたのが、目を疑うような圭太と杏奈の姿だった。

「あぁん、チ、チーフ……」

「はぁはぁ……杏奈ちゃん。おおお……」

（か、花映、早く帰りなさい。なにをぐずぐずしているのですか。こんな場面を見られていると二人が知ったら……）

花映は心中で、何度も自分を叱咤した。

だが思うように脚が動かない。手も動かない。それでも強引に動かそうとすると、とんでもない音を立ててしまいそうだ。

「あぁぁン、チーフ……」

（あぁ、すごい。あんなところで……あんなことに……）

全身を硬直させたまま、花映は店内を食い入るように見た。

圭太が並べたテーブルの上に杏奈を仰臥（ぎょうが）させ、制服のスラックスを脱がせようとしている。腰に巻いたエプロンは上へとたくし上げられていた。

「ああ、チーフ……あぁん、だめ……はあぁぁ……」

(ああぁ……)

──ズルッ。ズルズルッ。

ついに杏奈の下半身から、ユニフォームのスラックスが毟りとられた。すらりと長く形のいい、モデル顔負けの美脚がライトに照らされる。

「いいんだね……ほんとに。これも、脱がせていいんだね」

圭太は花柄パンティの縁に指をかけ、念を押すように杏奈に問いかける。

「脱がしてください……そんなこと、いちいち聞かなくていいんです……もっと乱暴に扱って……それって、私への気遣いですか。それとも店長への気遣い？」

(町田さん……)

杏奈はまたしても、花映のことを口にした。花映の視線はつい圭太へと、甘酸っぱいものを潜ませながら向けられる。

──俺の心には、杏奈ちゃんの言うとおり、店長が。

ついさっき、圭太はたしかにそう言った。

花映から今後の関係をきっぱりと拒絶されたにもかかわらず、彼はまだ、今も自分をあきらめずにいてくれる——そう思うと不覚にも、胸を締めつけられる気分になる。

「あ、杏奈ちゃん……」

杏奈の言葉に、圭太はうろたえた。

「お願いです。店長のこと思いださないで。今だけ……今だけ私を、もっといやらしい目でいっぱい見つめて……」

「くうぅ、杏奈ちゃん……杏奈ちゃん」

「あっはあああ」

とうとう圭太はスラックスにつづき、杏奈のパンティを一気に股間から下降させた。まるまったパンティはクシャクシャになり、太腿から膝、膝から脹ら脛、足首へと降りたかと思うと、ついに爪先から完全に毟られる。

(チ、チーフ……)

いよいよ気やすく見ていてはならない、男と女の獣の光景が現実のものになりそうだった。

圭太は杏奈につづき、自分もスラックスと下着を脱いで下半身を剥き出しにする。

「はううッ。チ、チーフ……」

(うう、いや。いやッ……)

まる出しになった圭太の股間からは鹿威しさながらの勢いで、あの大きなペニスが天を向いて棹を震わせた。

それを目にした若い娘は驚いたように息を飲み、艶めかしい声を上げている。

忘れてたくても忘れられない、生々しさ溢れるあの夜の出来事が、脳髄いっぱいに蘇(よみがえ)った。

(チーフの、あのおち×ちんが、町田さんを……)

花映はハッとした。

そう思った途端、驚くほどのせつなさが胸から全身にシミのようにひろがっていく。

それはまるで、炭酸水が胸からはじけ、じわじわと拡散していくかのようだった。

ずしりと重いものと、やるせない苦しさが伴ったブルーなそれに、たまらず花映は胸をかき毟りそうになる。

(し、嫉妬。私……嫉妬しているの?)

気づいた花映は愕然とした。

自分はこれほどまでにふしだらな女だったというのか。

圭太の熱い想いを知り、女として、くすぐったくなるような甘酸っぱさを感じなかったと言えば嘘になる。

しかしやはり、自分は人の妻である。夫がある身でありながら、いっときの感情に溺れた軽率なことはやはりできない。

そう思ってくだした、胸を張れる決断のはずだった。

自分の結論を圭太に伝えるときには、思っていた以上の苦悶があったが、それでも花映は断腸の思いで圭太との縁を絶ちきった。

だから彼が、どこの誰となにをしていようと、あれこれ言えた立場ではない。

それなのに——。

(チーフ……ああ、チーフ！)

今すぐこの場を飛び出して、叫びながらフロアへと乱入したい気持ちだった。しかし花映は必死になって自分を制し、やっとのことでドアを閉める。

扉に背中を押しつけた。せつなく喘いで、天を仰ぐ。

「あぁァン、チーフゥンン」

そんな花映の鼓膜に、取り乱した様子の杏奈の声が生々しさいっぱいに飛びこんだ。

ふたたび胸がせつなくうずく。両手を胸元でクロスさせた。

(私は……あの娘に嫉妬している)

ギュッと目を閉じ、唇を噛んだ。

思い出の中の花映は、手にあまる大きさの圭太の巨根を、愛おしさを感じながらしごいていた。

(ああ、いやあ……)

不覚にも、股の付け根がキュンと騒いだ。せつなくいけない禁忌な汁が、ニヂュッ、ニヂュチュッとワレメの奥から滲みだした。

5

「あぁぁン、チーフゥンン」

「くぅ、杏奈ちゃん。い、挿れるよ……挿れるからね」

いよいよ圭太は、杏奈の秘唇にペニスを挿入しようとした。テーブルの上に娘を仰臥させ、あられもない大股開きにさせている。

股間に秘め咲く牝の淫花は、すでにいやらしく開花していた。そんな杏奈のまえで体勢をととのえる。腰を落とし、ググッと踏んばった。猛る勃起の角度を変え、肥大した亀頭でグチョグチョと、紅鮭色の秘割れを上へ下へと熱烈にあやす。

「はあぁん、はあああぁ……」

「おおお……」

杏奈の陰部は、思いがけない眺めであった。

色白のやわらかそうなヴィーナスの丘いっぱいに、黒々とした秘毛がもっさりと生え茂っている。

キュートな美貌からは想像もつかなかった見事な剛毛ぶり。股の付け根にびっしりと密生する黒い縮れ毛は、マングローブの森を彷彿とさせた。

だが肝心のワレメのたたずまいは、いかにも杏奈らしい可憐さだ。

縦に裂けた陰裂は小ぶりで幼い。へたをしたら、まだミドルティーンぐらいの少女の持ちものを連想させる。

ぬかるみ具合こそ豊潤で、すぐにも合体ＯＫというような状態だったが、そうした女陰のあどけなさにも、圭太は改めて罪の意識をおぼえた。

しかしもう、こんなところでやめにすることはとうてい不可能だ。

「ううっ。いいんだね……挿れるからね」

──グチョグチョ。ヌチョヌチョ、ヌチョ。

「はうう、チーフ……い、挿れてください」

「杏奈ちゃん……」

「好きにして……あっあっ、はあぁぁ……今夜だけ私を、チーフの一番の女にして」

「くうぅ……」

あまりのかわいらしさに、すぐにも精子を暴発してしまいそうだった。

グッと奥歯を噛み、アヌスをすぼめる。もう一度腰を落として踏んばりなおした。

左右に開かれた美脚を、さらに大胆なM字開脚姿にさせる。突きあげるかのようなアングルで、仰臥する乙女の肉園にズブッと怒張を突きいれた。

「うあああぁ」

「うおっ、うおお……」

男根が飛びこんだそこは、入口と同様たっぷりのぬめりに満ちていた。

しかも驚くほど狭隘(きょうあい)で、膣圧もすごい。潜りこんできたペニスを押しかえそうとするような圧力で、それ以上の侵入を阻(はば)もうとする。

「くうぅ、あ、杏奈ちゃん……」

「はうう……い、痛い……」

(えっ)

思いもしなかった杏奈の言葉に、圭太は虚をつかれた。思わず動きを止め、杏奈の美貌をまじまじと見る。

「あの、痛いって、まさか」

「いや、抜かないで」

反射的に腰を引きかけた。そんな圭太の動きを察したのだろう、杏奈はあわてて頭を上げ、懇願の表情でかぶりをふる。

「杏奈ちゃん……」

「そ、そのまま挿れてください。チーフ、全部挿れて」

「でも」

圭太は性器の結合部分に目をやった。ミチミチと限界を超えてひろがった感じの肉穴から、目にも鮮やかな破瓜（はか）の鮮血が滲みだしている。

（そんな……）

「入れてください、チーフ。店長とエッチするときに絶対にすること、私にもして。お願い、やめないで。全部、奥まで……お願いです」

「くぅう……」

「お願いです、お願い」

「あ、杏奈ちゃん」

「あっ……あああああ……」

──ヌプッ。ヌプヌプヌプッ。

身体を揺らして哀訴され、拒絶することはできなかった。圭太は杏奈に乞われるがまま、ふたたび腰をまえへ、まえへと進めていく。

「ひいィ、い、痛い……痛いよう……」

「杏奈ちゃん」

「だ、だめ、やめないで。痛くてもいいんです。挿れてください。全部挿れて……チーフの女になったんだって……夢でもなんでもないんだって、感じさせて」

「ぬう、ぬうう……」

悲愴な声に背中を押され、罪悪感にかられながらも腰を進める。

まさか杏奈が処女だっただなんて、事前に気遣ってやることもできなかった。

今どきの女子大生のこと。しかもこれだけの愛らしさである。自分から誘うようなまねまでしてきたのだから、男性経験のひとつやふたつ、とっくにあるのだろうなどと勝手に思っていた。

それなのに──。

「はうう……ああ、あああ……」

「い、痛いかい、杏奈ちゃん。どうして、こんなこと……」

とんでもないことをしてしまったのではあるまいかと途方にくれながら、とにもかくにも根元までペニスを埋没させた。

破瓜の血を滲ませる陰部を見ると、暗澹たる思いはいっそう強くなる。

「うお、うおお……」

だが、慄然とするような狭隘さとともにムギュムギュと極太を絞りこんでくるのも、初々しさ溢れる牝肉だ。

甘酸っぱく怒張を揉みほぐされ、ゾクリと鳥肌が腰から背筋に駆けあがった。

圭太はあわててアヌスをすぼめる。搾りだされたカウパーが、処女を散らした蜜路にドロッといやらしく粘りつく。

「ううっ、痛くても……いいんです……」

杏奈は声を震わせて言った。その美貌はそれまで以上に紅潮し、熱でも出たようにぼうっとなっている。

「杏奈ちゃん……」

「初めての人が……チーフでよかった……」

「えっ」

「これで……お嫁に行けます。ねえ、動いてください、チーフ。遠慮しちゃいや」

潤んだ瞳で娘はねだった。

恥じらいながらも煽るように、くなくなとその身をくねらせさえする。

「くう、杏奈ちゃん……」

「お願いです、気持ちよくなって、私の身体で。すぐに忘れていいですから。でも今だけは……私の身体に夢中になって」

「おお、杏奈ちゃん、杏奈ちゃん」

「ひはっ」

――ぐぢゅる。ぬぢゅる。

「ヒイィン、痛い……」

「えっ」

「い、痛くない。痛くないもん。もっと動いて。もっとして……あああ……」

「くうぅ。くううぅ……」

圭太は胸を痛めた。杏奈が本音を押し殺し、彼に身体を捧げているのは火を見るよりも明らかだ。

しかし圭太は、もはや動きを止められない。

なんとかかわいい娘。なんとかかわいらしい女心。

してはいけないことをしているのだとは思いつつ、カクカクと前後にしゃくる腰使いには、次第に獰猛で熱っぽいものが滲みだす。

「ああっ。あっあっ、はあぁ……」

「へ、平気かい。痛くない？」

「そんなこと聞かないで……乱暴に扱っていいんです……あっ、ひぃ、ひぃぃぃ」

「うう、杏奈ちゃん……」

痛い思いをさせるのは本意ではなかった。加えて、神聖な職場でこのような行為に及んでしまっていることにも忸怩(じくじ)たるものがある。

だが——。

「くうう、杏奈ちゃん……ごめんね……俺、気持ちいい……」

それは、決して世辞ではなかった。心からの正直な気持ちだ。

挿れても出してもカリ首が、ヌメヌメした膣ヒダと窮屈に擦れあう。そのたび火の粉が散るような、強い電撃が亀頭から頭へと突き抜け、脳髄を酩酊(めいてい)させる。

「あっあっ……はうう、チ、チーフ……もっと言ってください……」

圭太の抜き差しに、みずみずしさいっぱいの女陰を捧げながら、夢見るような声で杏奈は言った。

「えっ」

「もっと言ってほしいです。気持ちいいって。杏奈のアソコは最高だって……あっ、ああ、あっあっ……はあぁ……」

「あ、杏奈ちゃん……」

(少し、声の感じが変わってきた……)

圭太は杏奈の艶めかしい変化にゾクゾクとした。

変わってきたのは声だけではない。膣奥深くまで怒張を突きこむたび、杏奈が返す反応も、次第に妖しいいやらしさを露にしはじめている。

「はうう、チーフ……あっあっ、あぁぁん……」

「はぁはぁ……はぁはぁはぁ……杏奈ちゃん……」

ピストンをはじめた当初のような硬さが陰を潜め、エロチックでねっとりとした生々しさが次第に色濃くなっていた。

くねる肢体にも匂うような官能味が増し、ついさっき処女を散らしたばかりだとは思えないような猥褻さがある。

やはりこの娘は、本質的に好色な体質なのかもしれなかった。

固い殻から抜け出せずにいる花映をぼんやりと心に蘇らせながら、圭太はついそんなことまで思う。

「はっ、はうう……あっあっ……はあぁ、はあぁぁ……チーフ……あン、チーフぅ」

「はぁはぁ……あ、杏奈ちゃん……」

「や、やだ、私……あン、ちょ、なに、これ……あっあっ、はあぁ、はあぁぁ……」

「うおっ、うおおお……」

尻上がりに乱れていく杏奈の喘ぎ声に、圭太もまた昂ぶらされた。

身も蓋もないガニ股開脚を強いたまま、白い内腿にグリッ、グリリッと、いっそう強く十本の指を食いこませる。

口の中いっぱいに甘酸っぱい唾液が湧きはじめた。歯茎がうずいてカチカチと歯が鳴る。肉傘とヒダヒダが擦れあうたび、おびただしい量の火の粉が散った。身悶えするように紅蓮の炎が、年若い娘の女体で揺れなびく。

「あん、チーフ……やだ、私……あの……あの──」

「いいんだ、杏奈ちゃん。怖がらないで……そのままでいいんだ」

「きゃひぃ」

──パンパンパン！　パンパンパンパン！

「うあああ。あっあっあっ、あぁン、チーフ……チーフぅぅ。あああああ」

ついに圭太のピストンは、ラストスパートの激しさへとエスカレートした。

尻を振って暴れる杏奈の内腿に体重を乗せる。怒濤の抜き差しでヌチョヌチョと、膣奥深くまで亀頭を埋めてはすばやい動作でそれを抜く。

「ひいぃん。ひいいいぃ」

抜き差しをくり返す肉柱には、白濁した愛蜜と破瓜の鮮血の両方が付着していた。ネバネバと混濁しながら男根にまつわりつく蜜と鮮血は、ヨーグルトとイチゴエキスの甘酸っぱさを思わせた。

上へ下へと杏奈の女体を、圭太はズンズンと揺さぶった。そんな動きに煽られて、たわわな乳房がたゆん、たゆんと円を描いていやらしく揺れる。

「ヒイィン、ひいいいぃ。あっあっあっ、うあああ。チ、チーフ、なにこれ……やだ私……か、感じちゃう。感じちゃうンン」

「おお、杏奈ちゃん。もうイクよ……」

耳鳴りの音が一気に高まり、潮騒さながらの響きを帯びた。陰嚢で煮こまれたザーメンが、陰茎の真ん中を轟音とともにせり上がる。

「杏奈ちゃん。オマ×コ気持ちいいよ」

もっと言ってほしいというリクエストに応え、卑猥な言葉を口にした。吐精間近のカリ首を、狂ったように美貌の娘のぬめるヒダ肉に擦りつける。

――グチョグチョグチョ。ヌチョヌチョヌチョ！

「はうう、チーフ。チーフォンン。はああぁ」

「最高のオマ×コだ。こんな素敵なマ×コ、俺、きっと一生忘れられない」

心からの思いを口にした。

すると杏奈はますます昂ぶり、くなくなと艶めかしく肢体をのたうたせる。

（ああ、もうイク！）

「うああ。チーフ、好きでした。大好きだった。大好きだった。あああああ」

「気持ちいいよ、杏奈ちゃんのオマ×コ。ほんとに、ほんとに。ああ、イク……」

「うあああ、チーフうぅ。あああ。ああああああ」

――びゅるる！　どぴゅどぴゅ！　びゅぴゅぴゅっ！

ついに圭太は欲望のリキッドを爆発させた。

膣奥深くまでねじりこんだ牡茎が、ドクン、ドクンと強く雄々しく脈動する。

そのたびしぶく勢いで、大量のザーメンが噴きだした。飛び散る白濁はビチャビチャと杏奈の子宮を音を立てて穢していく。

「はう……はうう……チ、チーフ……んはあぁ……」

もしかして杏奈もまた、軽いアクメに達してくれたのか。

ひとつにつながった美しい娘は圭太の射精を受け止めつつ、ビクン、ビクンと火照った肢体を、甘く、せつなく痙攣させる。

「杏奈ちゃん……」

吐精をつづけながら、そんな杏奈を見下ろした。

「ああ、温かい……精液……チーフの……いっぱい……いっぱい……あああ……」

淫らにとろけきった、エロチックな顔つきだった。杏奈は肢体を震わせて、初めて体験する大人の悦びに恍惚となる。

(……うん?)

そうした彼女の膣内に、濃厚な白濁をなおもどぴゅどぴゅと注ぎこみながらだった。

チラッと視線をやった先——バックヤードとの間をしきる扉が、中途半端に開いたままになっている。

変だな、たしかしっかりと閉めておいたはずなのに……。

そう首をひねりたくなりながらも、すぐにそんなことは忘れてしまう。ドクン、ドクンと陰茎を心の趣くままに脈打たせる、卑猥な悦びに圭太は溺れた。

ありがとう。そして、いつまでも元気で……。

圭太は心で感謝をし、なおもとろけきるかわいい娘を感傷的な思いで見た。

第四章　半熟妻の目覚め

1

「おいしかったです。いいんですか、店長、ごちそうになっちゃって」

「私が払うわけじゃないです。経費として伝票を切りますから」

「ありがたい。ごちそうさまでした」

酒に酔った頬に、夜風が心地よかった。

ほろ酔い加減で店を出た圭太は、折り目正しく花映に挨拶をする。

花映はそんな圭太にこわばった笑みで応えた。困ったように身じろぎをすると、行きましょうとでも言うように圭太をうながして歩きはじめる。

夜の飲み屋街は、今夜も陽気な酔客たちでにぎわいを見せていた。笑いさざめく大人たちの声が、澄んだ夜空に吸いこまれていく。

大きな仕事を終えた夜だった。

圭太と花映は人々の間を、並んでゆっくりと歩きはじめる。

圭太はちらっと、花映の横顔を見た。

その美貌は、今夜もほんのりと薄桃色に染まっている。

二人きりの乾杯をした。ビールを口にすると花映は愛らしく微笑み、改めて圭太に感謝の言葉を口にしてくれた。

圭太が中心になって準備を進めてきたジャズライブは、大成功に終わった。

ショップには予想を上まわるたくさんの客が足を運んでくれ、ワイワイとよい雰囲気の中、記念すべきイベントは最後まで無事に完走できた。

演奏を披露してくれたミュージシャンたちとは、後日改めて打ち上げの会を催すことになっていた。店を閉めた圭太と花映はとりあえず二人でと、ささやかな祝杯をあげてきたところだった。

（店長……）

安堵した様子で夜道を歩く女上司を、なおも圭太はチラチラと見た。

甘酸っぱく胸がうずいてしまうのは、決して酔いのせいばかりではない。

（よし……告白しよう）

ドキドキと心臓を打ち鳴らしながら、圭太は改めて決意した。これ以上自分を偽りつづけることは、正直つらくなってきている。

このところ、店での花映の様子はちょっと変だった。

いつもの調子でクールに接していたかと思うと、突然ぎくしゃくといたたまれなさそうにし、意味もなく顔を赤らめたりする。

また今夜のように二人で酒を飲んでも、楽しそうに話をしていたかと思えば、いきなり視線を逸らし、困ったように時計を見たり、どこか上の空になったりする。

（今のままじゃ、やっぱりいやです、店長）

並んで歩くいとしい人に、せつなく心で訴えた。

あの夜以上の関係にはなりたくないのだと言われたら、決して無理強いをしてはならない。だが花映を想う圭太の感情は、変わることなく炎を上げて揺らめきつづけたままだった。

最愛の女性から、わけのわからない態度をとられることは相当な心労だ。

だめだとふたたび拒まれようと、もう一度しっかりと、自分の気持ちを彼女に伝える必要があった。

そして圭太は、ジャズライブ開催という店にとっての大きなイベントが終わったら、もう一度花映にトライしてみようと思っていたのである。

「あの――」

「ねえ――」

「あ……」

「まあ……」

勇気を出して話をしようとした、そのときだった。偶然同じタイミングで、花映もなにかを言いかける。

「な、なんですか」

「あ。ううん……」

取りつくろって水を向けた。しかし花映は困ったように首をすくめ、彼のほうを見ようともせずにかぶりをふる。

(私のばか)

花映は心で自分をなじった。

また酔ってしまっているのだろうか。酔って心が大きくなり、そちらにはなにがあっても決して行かないと決めたはずの闇の奥に足を向けようとしているのか。

違う。そうではないはずだった。

たしかにほどよく酔ってはいた。だが、自分を見失うほどではない。

しかしこうして圭太と二人、同じ時間を過ごしていると、次第に自分がいつもの自分ではなくなってくる。

——もう少し、お茶でもどうですか。

ついそんな風に、圭太を誘ってしまいたくなった。

そんなことを言える立場ではないのに、もう少しだけこの人と、同じ時間を過ごしたかった。

(ばか。ほんとにばか)

もう一度、心で強く自分をなじる。

しかし、自分の中に巣くういけない悪魔は、人妻の身でありながら、焦げつくほどに圭太を欲していた。

圭太が店で杏奈を抱いたあの夜、こっそりと最後まで二人のセックスを覗き見てしまったことは、誰にも言えない自分だけの秘密だ。

だがあの夜、鮮明におぼえたジェラシーが、自分のすべてを物語っている。

寂しかった。誰か助けてと心で叫んだ。

誰か――ううん。誰でもよいわけではない、断じて。

悶々とする気持ちに一人激しくとまどいながら、隣を歩く圭太のことを、花映はせつなく意識した。

（コーヒーを……や、やっぱり、もうちょっとコーヒーを飲むぐらいなら）

誘ってみよう――花映はもう一度、ありったけの勇気を奮い起こした。

「ねえ」

「店長」

清水の舞台から飛びおりる覚悟で、ふたたび声をかけた。

するとまたも同じタイミングで、圭太も自分のことを呼ぶ。

（なんてこった）

驚いてこちらを見上げる花映の顔を見て、圭太は心で天を仰いだ。

一度ならず二度までも、似たような展開になってしまうなんて。

（ええい。ままよ）

しかし圭太は開きなおった。今夜という機会を逃してしまっては、次はいつ好機を見つけられるかもわからない。

「て、店長」

「は……はい……」

花映を呼ぶ声は、思わずうわずり大きくなった。そんな彼の呼びかけにたじろいだように、花映は歩みをとめ、目を見開いてこちらを見る。

「か……」

「……えっ？」

「か……帰したくないです」

「あっ……」

人目もはばからず、花映の手を握った。

すべすべとした小さな手。白くて細くて、とても繊細そうな花映のたおやかな手。

表面はひんやりとしていた。

しかしギュッと強く握ると、内側には熱いものが感じられる。

「チーフ……」

「イベントが終わったら、改めて言おうと思っていました。俺……やっぱり店長の指示に従えません」

「……えっ？」

柳眉が八の字になった。とまどいながらも、真剣な顔つきで圭太を見る。

「店長のこと……あきらめられません」

「――っ」

「あきらめようとすると……苦しいです、胸が」

「チーフ」

「俺、真剣です」

圭太は完全に、花映に向き直った。

「あんな旦那……別れてください」

「チ、チーフ」

「店長が幸せだと思うなら、こんなこと言いません。経済的な面だって、あの人と俺じゃ違いすぎる。でも……」

「………」

「俺のほうが、絶対に店長を幸せにできます」

「あ……」

圭太の言葉に、花映は小さく息を飲んだ。揺らめく視線を弱々しく足元に落とす。

「約束します。幸せにしてみせます。だから、チャンスをください。店長の恋人……未来の夫になるための試用期間をください」

花映が顔を上げた。圭太の顔をじっと見る。

清楚さを感じさせるととのった美貌は、やはり硬いままだった。しかしその瞳には、先刻以上の潤みがある。

花映は長いこと、圭太を見つめた。

「あの……店長――」

「あの人……」

「……えっ?」

「今夜は……帰ってこないのです……」

圭太の胸の奥に、ポッと火が点った。

「店長」

点った炎はあっという間に、彼の胸を熱くしていく。

「家に帰っても……一人ぼっちなの……」

花映はふたたびうつむいた。

悪いのはどう考えたって夫のはずなのに、それでもこんな道へと足を踏み入れてしまう自分を、心から責めている風だった。

「よ、よかったら……」

そんな花映に、圭太は言った。

「よかったら……家にきませんか」

誘う声は、不様に震えた。花映はふたたび圭太を見る。

「チーフ……」

「散らかってますけど、一人きりの家より、間違いなく暖かいです」

そう言うと、花映の瞳はさらに潤んだ。

笑おうとしてみせるその美貌は、涙でかわいくくしゃっとなった。

2

「店長……んっ……」

「はうぅ……」

——ちゅっ。ちゅぱ。ぢゅる。

ついさっきまで、暖かな明かりをいっぱいに点していた。

賑やかな笑い声にも満ちていた。

そうした部屋の明かりを消して、真っ暗にした。

暮らし慣れた、いつものアパート。いつもの1Kの洋室。いつものシングルベッド。

しかし今夜はそのベッドに、最愛の女性が一緒に寄りそってくれている。

ベッドの上に仰向けにさせ、やさしくそっと覆いかぶさった。

抱きすくめた花映は、すでにブラジャーとパンティだけというエロチックな姿になっている。花映の下着は、今夜も清純さを伝える純白だった。

二人は順番に、シャワーを使い終えた。

風呂から上がったばかりの人妻の身体からは、清潔なソープのアロマと甘ったるい素肌の芳香がほんのりと香っている。

「店長って……あんなに笑うこともできる人だったんですね……」

部屋を真っ暗にするなりひとしきり、熱烈でねっとりとした接吻に耽った。

覚悟を決めてくれたのだろう。花映はそれを拒むどころか、少しだけ、自らも積極的に彼の口を吸い返し、恥ずかしそうに頬を赤らめている。

「私……少し、お酒が過ぎたかもしれません……」

圭太の指摘に、花映はますますいたたまれなさそうになった。見られることを恥じらうように顔を背けて首をすくめる。

「あんなに笑ったのは……久しぶりでした」

「うれしかったです。ああ、店長ってやっぱりほんとは、こんなにふつうに笑ったりしゃべったりできる人だったんだって」

羞恥する花映に、真摯な顔つきで圭太は言った。

明かりを消すまで二人はずっと、××店のアルバイトスタッフたちのことを話題にした。圭太が一人ずつ、その特徴をとらえてものまねをすると、花映は驚いたように「似ています。すごい」と笑い、ついには笑いが止まらなくなった。

「ふつうにすることができれば……お店でだって、そうしていたいです」

花映は言った。

「でも……いったんできてしまった自分のキャラクターは……」

「なかなか変えられませんよね。いいんです、無理して変えなくても。んっ……」

「あっ……」

責めの矛先をうなじに変えた。チュッチュと熱っぽく口づけると、花映はくすぐったそうに首をすくめる。

「はうう……」

風呂から上がっても、彼女はいつものとおり、黒髪をアップにまとめていた。

「いいんです、これからもいつもどおりで。でも、俺のまえでだけは……もっとリラックスして、ふつうの店長を見せてください」

「チ、チーフ……」

「大事にします。死ぬほど大事に。俺、世界中の誰よりも、店長のことを愛してるって自信を持って言えます」

「あぁ……」

――ちゅっちゅ。ぢゅちゅ。ちゅう。

右のうなじにつづいては、左のうなじ、またしても右。今度は白い首筋を上から下、下から上へと、何度も丹念に舐めあげる。

「ああン、ま、また……そんなに……」

「舐めちゃいます。いっぱいいっぱい舐めちゃいます。リラックスしてください、店長。んっ……」

「はう、あっ、いや、んんぅ……はウゥ……」

首筋だけでは飽きたらず、形のよい小顔にもねろねろと舌を這わせた。

スクエア型の眼鏡を、そっと花映の美貌からはずす。眼鏡の下から現れたのは、いちだんと清楚な印象を強くする、雛人形さながらの和風の美貌だ。

「きれいです、店長」

「き、きれいじゃありません。私なんて……」

「きれいです。きれいだ、きれいだ」

「はあぁ……」

主人に甘える犬顔負けの舐めかただった。ぺろぺろと、しつこいほどに舌を躍らせ、楚々とした美貌をネチョネチョと、愛情たっぷりの唾液まみれに染めていく。

「ううっ、どうしてこんなに……舐めてくれるのですか……」

くすぐったいのか、それとも甘酸っぱい気分がどんどん募るのか。花映は艶めかしく身じろぎをし、プリプリとヒップをふって恥ずかしそうに問うてくる。

「どうしてって……好きだからです……」

「チーフ……」

「好きです。大好きです。食べちゃいたいぐらいです……」

――ちゅっ、ちゅ。ねろねろ。

「はうゥ……チーフ……」

「俺……いくらだって店長のこと、舐めてあげられますよ。身体中、もっともっと、どんどん舐めてあげますね……」

「こ、今夜は……」

「……えっ？」

さらに本腰を入れ、いとしいこの人を世にも卑猥な飴玉にしようとしかけたときだった。うろたえながらも人妻は、意を決したように圭太に言う。

「今夜は……」

「……」

「わ、わた……私が……あなたを……舐めてあげます……」

「えっ……あ……」

闇の中で、圭太は目を見張った。耳にした言葉が信じられなかった。

だが、聞き違いでもなんでもないようだ。花映は圭太をうながして、攻守ところを変えるかのように、今度は自分が上になる。

「て、店長……」

花映と同様、圭太もまた下着姿になっていた。

股間を包むボクサーパンツは、先ほどからパツンパツンに張りつめている。

いとしい人とふたたび持てた今の時間が幸せで、下着の布を押し上げてペニスが痛いほど亀頭の形を浮きあがらせている。

花映は、圭太の足の間に身を起こした。両手を自分の頭にやる。アップにまとめていた髪を、初めてはらりとほどいてみせる。

「うわあ……」

艶めかしい闇の中に、黒髪をほどいた花映の姿が匂いやかに浮かんだ。

いつも職場で見せる凛(りん)としたたたずまいはそのままに、一気に女らしいセクシーさが増し、圭太はたまらず鳥肌を立てる。

「よかったら……もし、よかったら、なんですけど」

面映ゆそうに、花映が言った。

「花映って、呼んでくれませんか……」

「えっ」

「い、いやじゃなければ……け、圭太さんが……」

「あっ……」

恥ずかしさを隠そうとしたのかもしれなかった。花映は両手を圭太に伸ばすと、股間を包んでいたボクサーパンツを一気にズルッと脱がしていく。

——ブルルンッ！

「うおおお……」

「はうう……」

ようやく楽になったとばかりに、完全に勃起した陰茎が雄々しくしなりながら露になった。

すぐそこに花映がうずくまって見てくれているかと思うと、気恥ずかしさを超越し、ペニスがビクビクと喜悦の脈動をしてしまう。

いや、そんなことより——。

(俺のこと、今「圭太さん」って)

初めてそう呼んでもらえたことに、圭太は甘酸っぱく胸を締めつけられた。

しかも——。

「ああ、花映さん……」

とうとう名前で呼ぶことまで許してもらった。圭太はしびれる思いでうっとりと、少し照れながらいとしいその名を口にする。

「………」

「……あっ。い、いいんですよね、そう呼んで」

名前を呼ぶと、花映は闇の中で固まったようになった。不安になった圭太は、頭を上げて彼女にたしかめる。

「ご、ごめんなさい」

すると花映は、我に返ったようになってかぶりをふった。背中まで届くストレートの黒髪がサラサラと揺れ、甘い匂いを虚空にふりまく。

「いけない……女ですね……」

「……えっ？」

「今、ドキドキしてしまいました……」

せつない声でそう言った。困ったように美貌を歪め、圭太のペニスをそっと握る。

「うわあ、か、花映さん……」

「結婚しているのに……圭太さんとこんな風に……でも……でも……」

「あああ……」

花映はしこしこと、圭太の陰茎をしごきはじめた。

ぎくしゃくと拙い手コキではあるものの、前回以上に熱っぽく、いやらしさを感じさせるのは、脳内麻薬が感じさせる錯覚であろうか。

「だめなのに……幸せな気持ちになってしまいます……」

圭太の勃起をしごきながら、花映は言った。

「花映さん。おおお……」

「私なんかを、いっぱい舐めたり愛したりしてくれる圭太さんに……いけないことなのに、心が……心がとっても……ほっこりしてしまって……」

「うわあ……」

——れろん。れろん。

ついに花映は前屈みになった。ペニスをしごきながら、ねろんと亀頭に舌を這わせる。その途端、カリ首の先から全身に、火花の散るような電撃がはじけた。

「か、花映さん。気持ちいい……」

「いけない女です……でも……でも……圭太さんにしてあげたい……」

花映はいよいよピチャピチャと、肉棒へのフェラチオを本格化させた。

ローズピンクの舌を突きだし、肥大した亀頭を右から、左から、また右からと、夢中になって舐めしゃぶる。

「くうぅ、花映さん……」

圭太は枕から頭を上げ、恍惚としながら花映を見た。

「信じられない。花映さんがフェラをしてくれているなんて」

「あ、あんまり……気持ちよくないかもしれませんが……んっ……」

ピチャピチャ、ちゅぱちゅぱと、闇の中に響く汁音は、尻上がりに粘りと音量を増していく。

怒張におぼえる得も言われぬ快感も、それにあわせてじわじわと、さらに強いものになってくる。

ザラザラとした花映の舌は、たっぷりの唾液をまつわりつかせていた。

そんな舌先が亀頭に押し当てられ、マッチでも擦るような荒々しさでねろんとぎこちなく跳ね上げられる。

そのたびに、甘酸っぱさいっぱいのエクスタシーが火の粉を噴いた。まるで亀頭が熾火（おきび）のように真っ赤に焼けていく心地になる。

「き、気持ちいい。気持ちいいです、花映さん。ほんとに……」

極太に感じる淫らな快さに耽美なしびれをおぼえながら、圭太は声を震わせた。花映にしてもらっていると思うだけで、はっきり言って今にも暴発しそうである。

「お世辞じゃ、ないですか……？　んっ、んっ……こういうこと……ほんとに、たいして経験が……でも……」

恥ずかしそうな、か細い声で花映は言った。圭太を見上げる涼やかな瞳が、闇の中で淫靡にきらめく。

「……えっ？」

「こうすると……もっと、いいんでしょ？　んっ……」

「わわっ」

「むんゥ……ンンぅ、ムンゥウ……」

――ズズッ。ズルズル、ズズッ。

（信じられない）

圭太は完全に浮き立った。

淡い期待はあったものの、まさか本当に現実のものになるなんて。

花映は小さな口を、必死になっていっぱいに開けた。ペニスを頭から、鵜にでもなったかのようにパックリとまる呑みする。

「んんぐゥ、んんんっ……」

「うおお、花映さん……」

「こう、ですよね？　こうすると……男の人はいいんですよね。んっ……」

「うわあ……」

――ぢゅぽぢゅぽ。ピチャ。ぢゅぽ。

とうとう花映は、自ら淫らな啄木鳥になった。

まえへうしろへ、またまえへと、ぎこちないながらもいやらしいしゃくりかたで小顔を振る。

ぬめりにぬめった口腔粘膜の筒が、亀頭と棹に密着していた。そんなヌルヌルした粘膜がカリ首と棹を擦過して、前後にせわしなくピストンされる。

「うお、おおお……花映さん……」

「か、感じて、圭太さん……あまり、上手じゃなくてごめんなさい。んっ……」

なにしろペニスをほおばったままなので、花映の言葉はかなりくぐもっていた。しかしそれでも心からの思いは、とてもリアルに感じられる。

その上――。

「ムンぅ……ぢゅ……」

「わあ、舌まで……き、気持ちいい……」

花映は舌までくり出して、うずく亀頭を舐めころがした。

大きな飴を舐めとかそうとでもするように、必死になってコロコロと、カリ首を丹念に舐めたてる。

「むんぅ、んっんっ、んむうぅ、圭太、さん……あうう、大きい……」

自らほおばっておきながら、牡茎の野太い迫力に目を白黒させていた。

それでも花映は懸命に、艶めかしい汁音を響かせてフェラチオをつづける。そんな彼女の一途な姿に、圭太は天にも昇る多幸感をおぼえる。

「お、おっきくなっちゃいます、花映さん。花映さんのことが大好きで……そんな花映さんに、ち×ぽをしゃぶってもらえているかと思うと……」

「はうう……圭太さん……少しでも、よくなって……んっんっ……私なんかの、へたくそな舐めかたでもいいのなら……んっ……」

「あああ……」

花映のフェラチオは、さらにエロチックな生々しさを増した。ねっとり感がいちだんと強くなったとでも言ったらよいだろうか。

亀頭にまつわりつく舌は、まるで吸いついてくるかのようだった。いっときだって離れないわとでも言うかのように、絶え間なく鈴口に絡みつき、舐めまわし、転がして、包みこんでは締めつける。

(うおお……)

技巧とは無縁ながらも、愛情溢れる舐めっぷりだった。

圭太はいちだんと昂ぶっていく。気を抜けば、このまま達してしまいそうだ。

だがそんな間抜けなまねはできなかった。二人の二度目の記念日を、前回以上にメモリアルなものにしなくては。

「花映さん……」

圭太はベッドから上体を起こした。花映の小顔を両手に包み、ゆっくりとペニスをそこから剝がす。

——ちゅぽん。

「はあぁぁん……」

ぽっかりと空いた花映の朱唇から、大量の唾液が溢れだした。粘つく唾液は彼女の白い顎を伝い、糸を引いてネバネバとベッドシーツに滴っていく。

「け、圭太さん」

「今度は、俺が花映さんの……オマ×コを舐めてあげます」

わざと、そのものズバリの品のない言い方で圭太は言った。

「ああ……そんな、いやらしい言い方……」

案の定、花映は恥ずかしそうにかぶりをふる。しかし圭太は見逃さなかった。同時にいとしい半熟妻は、ブルッと肢体を震わせた。

(興奮してきてくれたのかな)

いやでも淫らな期待が増した。

自分から男の一物までしゃぶってみせてくれたのだ。前回よりリラックスしてくれているはずだった。恍惚神経が鋭敏になってくれていているといいのだが……。

「ほら、脱がしますよ……」

「はうう……」

圭太はそう宣言し、花映をベッドに仰臥させた。まずはブラジャー、つづいてパンティを、やさしく、けれど有無を言わせず、人妻の肉体から奪っていく。

3

「はあぁぁ、圭太さん……」

「おおお……」

闇の中に姿を現したのは、硬質ながらも艶やかなエロスを放つ、二十七歳の裸身だった。

出るところが出て引っこむところが引っこんだ極上のダイナマイトボディは、コーラのボトルを思わせる。むちむちと肉感的でありながら、スタイルの良さにも恵まれていた。もっちりとしつつも長く形のいい美脚はため息が出るほどのセクシーさだ。

しかもどうだ、胸元にこんもりと盛りあがる、たわわな乳果実のボリューム感は。

小玉スイカさながらのまるみと大きさを見せつけて、先っぽにあるピンクの乳首を、なんとも蠱惑（こわく）的にしこり勃（た）たせている。

（た、たまらない）

本来なら今夜もまた、時間をかけてたっぷりとその全身を舐めまわしてやりたいところだった。しかし不覚にもフェラチオの気持ちよさに負け、心も身体もすっかり余裕をなくしている。

「花映さん、見せてください。今夜も花映さんの、いやらしいオマ×コ」

引きつづき、下品な言葉で刺激してやろうとした。本来が真面目でウブな分、下品な卑語は花映を昂ぶらせる必殺の媚薬になるかもしれない。

一歩間違えば、ドン引きされる危険もあったが……。

「はうう、圭太さん。は、恥ずかしい……」

「見せてください。ああ、花映さんの股間から甘酸っぱくていやらしい匂いがする」

圭太は言いながら、閉じようとする人妻の両脚を開かせようとした。

「きゃああ」

キュッと締まった足首をつかみ、赤ん坊におしめを替えさせるような姿にさせる。

とまどう花映に有無を言わせず、ガバッと大胆なガニ股姿を強要する。

「あぁァン、だめぇぇ……」

「うおお、花映さん」

恥じらう半熟妻が隠そうとしていた、もっとも秘めやかな部分がさらされた。闇の中ではあるものの、それに慣れた目には鮮明に扇情的な局部が見える。

(おお……)

圭太はグビッと唾を吞む。くぱっと開いた蜜苑はまださほど濡れてはいなかった。縦に裂けた唇のようなワレメいっぱいに、ローズピンクの粘膜が存在感を主張する。花映の牝唇は、見られることを恥じらうように何度もいやらしくひくついた。

「くうぅ、エ、エロい。エロいです、花映さん」

ハレンチな眺めに、圭太は浮き立った。

年下の女上司になおも下品なM字開脚を強いたまま、いても立ってもいられないとばかりに、その股間に性急な動作でむしゃぶりつく。

「んあああぁ」

「うおおっ、花映さん……」

その途端、花映の喉からほとばしったのは、虚をつかれるほど取り乱したガチンコの喘ぎ声だった。前回は、さすがにここまでの声は出してくれなかった。花映が見せてくれるあだっぽい進化に、圭太はますますいきり勃つ。

「はぁはぁ……花映さん。興奮する……」

――ピチャピチャ。れろん。れろれろ。

「はあぁ……やっ、ちょ……は、恥ずかしい……私ったら、なんて声……」

「いいんです、恥ずかしがらないで。ああ、花映さん。んっんっ……」

「はあぁン。あん、いやン。あっ……はあァ……」

この間も花映は「私ったら」と何度か恥じらい、そのたび取り繕おうとした。

しかしそんな必要はまったくないのだ。感じてくれたほうが圭太はうれしい。

「ああ、いい匂い……花映さんのオマ×コ、オレンジみたいないい匂いが。ん……」

「はあぁ。あン、いや……そんなこと言わないで。はああァ……」

圭太は卑語を言いながら、ぬめる肉割れをなおも舌でねちっこくほじった。猫がミルクを舐めるような、秘めやかな音がピチャピチャと響く。

「や、やん……いやッ、ああ、そんな……あああ……」

(間違いない。このまえより感じてくれている)

牝肉を舌であやすたび、花映が返してくれる生々しい反応に舞いあがった。

まだまだ控えめではあるものの、それでもずいぶん彼女としては感度が鋭敏になっている。しかも、恥じらいながらもそのことを圭太に露にしてくれているのがなによりうれしい。

「ああン、いやン、どうしよう……圭太さん……ハアァ……」

「はぁはぁ……花映さん、なんていやらしいマ×コ……でもうれしいです。花映さんのオマ×コがこんなに気持ちよさそうに……最高です。うれしい。うれしい」

「はあぁぁ、はあああぁ……」

圭太は舌を飛びださせ、ひたすら一心にぬめるワレメを舐めてこじる。

品のない卑語は、幸運にも花映をいちだんと取り乱させてくれているようだ。

いやらしい言葉が鼓膜にねちょりと刺さるたび、困ったように美貌を歪めながらも、花映は艶めかしく、火照った女体をのたうたせる。

これなら大丈夫そうだと圭太は確信した。

悶える美妻に覆いかぶさり、アイコンタクトで意思を伝える。

「はうう……」

すると花映は、思わず顔を背けようとした。しかしすぐさま思いとどまったかのように、圭太の首に両手をまわす。自ら熱っぽくキスをした。

ありったけの勇気を奮い起こした行為に思えた。圭太はうれしさのあまり、チュッチュと口づけられるたび、甘酸っぱくペニスをうずかせる。

「挿れますよ、花映さん……」

身体の位置をずらし、挿入の体勢をととのえる。鋼のように反り返った極太はヤケドしそうな熱さに満ちていた。

肉棒を手にとって角度を変える。恍惚神経を剝きだしにしたような感度最高のカリ首を、あやすようにして花映の肉割れに、クチュッと押しつける。

「ああン……」

「い、いいですね」

もう一度、花映の意志をたしかめた。花映は恥ずかしそうに視線を逸らし、瞳を揺らめかせる。けれど覚悟を決めたかのように、圭太の裸身をかき抱いた。

「ああ、花映さん」

それが合図だった。圭太はそっと腰を突きだす。

——にゅるる。

「はあぁぁん」

「うわっ……んおお……」

思いのほか軽々と、という言葉がふさわしかった。うずく猛りは牝割れの狭間に、苦もなくぬるっと飛びこんでいく。

「くう、花映さん。ああ、うれしい……」

——ヌプッ。ヌプヌプッ。

「あっ。あっあっ、いやッ……だめ……はうぅ……」

痛みを感じない程度には、なんとか潤っているだろうと思っていた。ペニスをヌプヌプと埋めこむと、花映は恥じらい、身悶える。

「い、いやっ。見ないでください……そんな近くで……ひううっ……」

正常位の体勢でひとつになるということは、相手の顔を間近で見るということだ。だが女上司はいやいやと激しくかぶりをふり、圭太の視線にせつなくとまどう。

「み、見ちゃいますよ、花映さん。俺のち×ぽをオマ×コに挿れられた、花映さんのきれいな顔……だってこんな花映さん、今しか見ることができないんです」

「ああ、い、いやン、そんな……あああ……」

恥じらう花映が、いとおしくてならなかった。

しかも今のところ、卑猥な言葉責めはなんとか功を奏している。もっと感じてくれと心で祈りを捧げながら、圭太は膣奥深くまで、ズブズブとペニスを埋没させた。

「はうう、圭太さん……」

「やっと……ひとつになれました……」

性器と性器を深くねっとりとつなげあったまま、圭太はうろたえる花映を見た。

前髪をそっと撫であげて、かわいいおでこをまるだしにさせる。

「はうう……」

熱っぽくチュッと口づけた。

花映は緊張しながらも、どこかうっとりとした顔つきで両目を閉じる。

「こ、これで……」

やがて、声を震わせて花映がささやいた。

「……えっ？」

「………」

「花映さん？」

「……これで……もう私……夫に文句は、言えませんね……」

「ううっ、花映さん」

「ああ……」

いとしいと思えば思うほど、獰猛な性欲に歯止めがかからない。

むちむちと肉感的な肢体を抱きかえした。花映は感極まったように背筋をしならせ、官能的な吐息をこぼす。薄桃色に火照った裸身からは、汗の微粒が滲みだしていた。肌と肌とを密着させれば、湿りを帯びた餅肌がしっとりと圭太に吸いついてくる。

「花映さん。愛しています。愛してる」

——ぬちょっ。

「はあうぁ、け、圭太さん……あっ、あああっ……」

いよいよ圭太は腰を使いだした。性器の擦れあう部分から、ほんのわずかにエロチックな粘着音がする。その音を、花映も聞いてくれただろうか。

「少しずつ濡れてきていますよ、花映さん。あなたは不感症なんかじゃない」

万感の思いで圭太は訴えた。まえへうしろへ、まえへうしろへと動かす腰にも、尻上がりに雄々しいワイルドさが加わる。

「ああん、圭太さん……あっ、ああアン……」

「あなたのこと、不感症だなんて失礼なことを言った、どこかの誰かは大ばか野郎です。こんな素敵な女性なのに……ああ、花映さん。オマ×コ、気持ちいい」

「い、いやです……そんなこと言わないで……」

(感じてる。エッチな言葉に感じてる)

花映の反応に圭太は浮き立った。

「だって、オマ×コ気持ちいいんです。ああ、花映さんのオマ×コだ。オマ×コだ」

「いや、言わないで。恥ずかしい……あっあっ、あああ……」

(感じて。もっと感じて)

「はあぁン……」

カクカクと腰をふり、ぬめる蜜洞を肉スリコギでかきまわした。花映の華唇はぬちょり、ねちょりと、粘りを増した淫らな音を尻上りに響かせはじめる。

(いいぞ。濡れてきた)

圭太は歓喜に打ちふるえる。ペニスにおぼえる膣の感触は、ひと抜きごと、ひと差しごとに、卑猥なほぐれ加減を変えた。じわじわと不埒な蜜の量が増し、膣ヒダと怒張の間に何層にも愛液の壁が厚さを増していく。

(いいぞいいぞ)

「きゃうぅん……」

圭太は両手でおっぱいをせりあげた。もにゅもにゅと、ねちっこい揉み方で双乳をまさぐりながらしこった乳首にむしゃぶりつき、舐めたり吸ったり転がしたりする。

「ひぃぃン、圭太さん……ああ、だめぇ……」

圭太のネチネチとした乳揉みと蜜壺掘削に、花映はいっときも休むことなく身悶えつつ、羞恥に震えてせつなくよがった。

そんな人妻が、どうしようもなく圭太はいとおしい。あのクールな女上司が、こんなかわいい素顔をさらけ出してくれているかと思うと、まさに男冥利(みょうり)につきた。

「あっあっ……はう……や、やだ……私……えっ、えっえっ……はあぁ……」

「おお、花映さん……」

カリ首でヒダヒダをかき毟り、最奥部の子宮口をズンズンと突いた。歓喜と興奮を露にした怒濤のピストンに、花映もいちだんと妖しい官能を露にする。

——ぐぢゅる。ぬぢゅ。

「い、いや。いやあ……」

——ぐちょ、ぐちょ。ずちょっ。

「花映さん。聞こえますか。アソコからエッチな音が」

剛棒が攪拌(かくはん)する肉壺は、いよいよ艶めかしい汁音を立てはじめた。

「ちょ……えっ。や、やン、圭太さん……ああ、待って……んはあぁ……」

「感じてくれてるんですね。ああ、うれしい。くうう、オマ×コ気持ちいい。もうだめです。イッちゃいます。俺……もうイッちゃいますよ」

「ひぃぃん、圭太さん。あっ――」

――パンパンパン！　パンパンパンパン！

「ああ。ちょ、やン、圭太さん。ああ、な、なにこれ……なにこれ。あっはあ……」

最愛の女性の愛くるしい悶えっぷりに、もはや堪えがきかなくなった。

ふたたびむちむちした裸身を抱きすくめると、いよいよこれが最後とばかりに腰の動きにスパートをかける。

「ひぃぃん。あっああぁ」

花映は明らかに動揺していた。感じているのだ。少なくとも、彼女の二十七年の人生の中で、今が最高に感じているはずだ。

それを証拠に淫肉は、さらにグチョグチョとあだっぽい音を響かせだす。

「いやッ、いやアァ……ああ、これは……んはあぁ……」

「花映さん。気持ちいいです。ねえ、花映さんは」

「いやあぁ……」

花映は、そんな自分におびえていた。おびえながら、とろけるような官能に身も心も溺れかけている。

「け、圭太さん。見ないで。こんな私……やだ、恥ずかしい。あああ……」

「感じて。いっぱい感じて」

花映は自らも、しがみつくように抱きついてきた。そんな裸身は、さらなる汗を噴きださせている。ヌルヌルした肌が、圭太の肌と擦れてツルッとすべった。

乳首が彼の胸板に食いこみ、「圭太さん、気持ちいい」と訴えるかのように、ジンジンとせつなくうずいている。

「どうしよう。あっあっ……どうしよう。放さないで。つかまえていて、圭太さん」

「放さないよ。しっかり抱きしめていてあげる。顔も見ないから、いっぱい感じて」

「あああ。うあああああ」

（ああ、もうイク！）

圭太に抱きすくめられ、花映は彼の肩に清楚な小顔を押しつけた。気持ちいいのだろう。たまらないのだろう。「あああ。ああああ」と取り乱す。取り乱してよがり泣き、そんな自分を恥じらうものの、もはやアクメはそこにある。

「ああ、圭太さん。ああああああ」

「オマ×コ気持ちいい。花映さんのオマ×コ最高だ。イクよ。もうイクよ！」

キーンと遠くから耳鳴りがした。耳鳴りの音は、地響きさながらの轟音に変わる。

「あああ、圭太さん。いやン。いやいや。ああ、困る。あああああ」

よがり悶える花映の反応に、さらにエロチックな艶が乗った。汗を噴き出させる裸体は驚くほど熱く、どこもかしこもヌルヌルしている。

ひときわヌルヌルしているのは肉壺だ。圭太にとってこの世で最高の肉壺だ。

ああ幸せだ——圭太は泣きそうになりながら、亀頭を肉ヒダに擦りつける。「ああ。あああああ」と花映がのたうつ。グチュグチュと、男心を惑乱させるうれしい粘着音が高らかに響く。

（もうダメだ）

「圭太さん。圭太さん。ああ、私……私イイィ。あああああ」

「き、気持ちいい。イク……」

「あああああ。あああああああああ……」

——びゅぴゅっ！　どぴゅどぴゅどぴゅ！　びゅるる！

恍惚の雷が、脳天から圭太を貫いた。その途端、視界がくわっと真っ白になり、ナパーム弾でも炸裂したかのような衝撃が駆けぬける。

なにも見えない。なにも聞こえない。ただひたすら、気持ちがよかった。天にも昇る多幸感とともに、圭太は心の赴くままビクビクと陰茎を脈打たせる。

「は……はうう……あああ……圭太、さん……」

少しずつ、ようやく我に返ってきた。そんな圭太の意識がとらえたのは、はしたなく自分を解放し、女の悦びに浸っている痙攣状態の花映だった。

「花映さん。もしかして……一緒にイッてくれた……？」

叫びだしたいような喜びが、射精の快感に加わった。ペニスがなおも雄々しく痙攣し、さらなる白濁をどぴゅどぴゅと花映の膣奥に注ぎこむ。

「し、知らない……見ないで、圭太さん……ああ、どうしよう……はあぁ……」

楚々とした小顔から、汗の甘露が噴きだしていた。甘ったるい汗の香りに、発情した花映の体臭が入り混じる秘めやかな芳香が、湯気のように立ちのぼる。

圭太は全能感をおぼえた。なにがあっても怖くないとすら思えた。

艶めかしい痙攣をつづける人妻を、改めてそっと抱きしめる。

花映はそんな圭太に反応し、自らも彼にしがみついた。

汗みずくの美妻のガチンコな痙攣を、いっそうリアルに圭太は感じた。膣奥深くまでずっぽりと、彼の怒張は花映の極唇に突き刺さりきっている。

吐精を終えてても陰茎は、なおも甘酸っぱいうずきを放った。

第五章　開花の儀式

1

メモリアルな熱い夜から、二か月近くが経った。

閉店後の店内。

圭太と花映は二人きりで、今日も残業をしている。戸外はムンムンと夏の蒸し暑さだった。この時間になっても、気温も湿度も異様に高い。

「店長。それじゃ次は、例の落語家さんのイベントの件なんですけど」

がらんとした店内で、次々と事務処理を片づけていた。

人手不足がつづく中での、綱渡りのようなシフト調整に関する打ち合わせや、この秋の限定オリジナル商品をどんなブレンドで攻めるかといった話しあい、秋の終わりに実施予定の内装リニューアル工事のことなどを、てきぱきと議題に乗せた。

次はいよいよ、間近に迫ってきた××店限定イベント第三弾についての話である。

圭太はそれに関する書類を取りだした。

「ちょっと」

するど、向かいの椅子に座った花映は、背もたれに体重を預けた。

「ふう……」

息をつき、恥ずかしそうに圭太に微笑む。

「……えっ？」

「だ、だから……ちょっと休憩」

花映はそう言うと、すっと席を立った。

いそいそとテーブルをまわって近づくと、圭太の隣にぴたりと座る。

「……だめですか？」

「店長、なにを真っ赤になっているんですか」

覗きこんだ花映の美貌は、色っぽい朱色に染まっていた。指摘された女上司はますますいたたまれなさそうになり、首をすくめて圭太の視線から逃れようとする。

「なっていません」

「なっています。真っ赤です」

「うそです」

どうしていじめるのと、かわいく訴えているかのようだった。清楚な小顔を紅潮させ、駄々っ子のように身体を揺さぶる。うらめしそうに圭太を睨んだ。

（かわいい）

「店長……」

「んムゥ……」

堪えきれずにキスをした。花映は目を閉じ、そんな圭太の求めを従順に受け入れる。

最初は餌をついばみあう、小鳥のようなキスだった。しかし自然に接吻は、とろけるような生々しい口のむさぼりあいへとエスカレートする。

――ちゅっちゅ。ぢゅる。ちゅぱ。

「むはぁ、店長……」

「違います……んっんっ……」

「店長……」

「いじわる……いじわる……」

「花映……」

「あああ……」

囁き声で呼び捨てにすると、花映は感極まったように吐息をこぼして恍惚となる。雛人形を思わせる端整な美貌が、熱でも出たようにぼうっとなる。

「今夜……行ける……？」

「はうう……」

ちゅっちゅとうなじに口づけながら、圭太は誘った。もちろんホテルにである。初めて身体をつなげたあの日から、圭太と花映は三日に上げず、こっそりとラブホテルの玄関をくぐった。

時間がなくても可能な限り濃密に愛をかわし、二人の身体が心のままに熱く燃えさかりつづけていることをたしかめあった。

ところがここのところ、互いに多忙なせいもあり、一週間ほどご無沙汰だった。じわじわと欲求不満が募りだしてきていたが、どうやらそんなせつない想いは、花映も共有してくれていたらしい。

「行ける、花映？」

「……うん」

もう一度囁き声でたしかめると、花映はこくりとうなずいた。そしてふたたび自分から、熱っぽいキスを圭太に求め、右へ左へと顔をふる。

(かわいい人)

しびれるようなキスの快感に溺れながら、圭太は甘酸っぱく胸をうずかせた。

熱に浮かされたような花映との日々は、二人の関係を劇的に変化させていた。

スタッフたちのいるときは、今までと変わらずどこまでも花映は上司だった。圭太はその懐刀として、従順に彼女に仕えている。

しかしひとたび人目がなくなると、花映は恥じらいながらも人格を一変させた。

クーデレ、という言葉があるらしい。

クール＋デレ、ということのようだが、花映がまさにそれだった。

ふだんはクールにふるまうものの、いったん心を開いた相手には、デレデレと甘えるそぶりを惜しげもなく披露する。仕事上の立場は花映が上だったが、プライベートでは一転し、圭太が堂々と花映の上に君臨していた。

「ねえ、花映……んっ……」

「えっ……んっんっ、はぁン……」

「花映の裸を思いだして……ここんとこ、毎日せつなくなってた……」

とろけるようなキスに耽りながら、圭太は正直に花映に告げた。

「ば、ばか……」

「ほんとだよ。花映を抱きしめたくて……花映とエッチなことがしたくて……毎晩毎晩悶々としてた。でも偉いでしょ、オナニーしなかったよ、俺」

「オ、オナ——いや、圭太さん……」

「花映は？　花映はオナニーした？」

「しらない。圭太さんのばか……」

花映は身体を揺さぶり、少女のように恥じらった。

このウブな人妻の肉体を、今夜もまた獣のようにむさぼれるかと思うと、圭太は早くも陰茎がムクムクと硬度を増してくる。

「見せつけてくれるじゃないか、おい」

（えっ）

そのときだった。突然背後から、怒気を滲ませた男の声がする。

圭太はギョッとした。花映もだった。硬直した二人は、あわててうしろをふり返る。

「あっ」

「ヒッ……あ、あなた！」

圭太も花映も言葉をなくした。いつの間に入ってきたのか、花映の夫である夏川孝司がフロアに仁王立ちし、ギロリとこちらを睨んでいる。

「ど……どうして、ここに」

パニックになっていた。

花映は声を引きつらせて夫に聞く。すると夏川は「フン」と鼻を鳴らした。

「どうしてここにって？　その質問が、どうやって入ったんだっていう意味なら……」

言いながら、指につまんだ鍵をかざした。合鍵であろうか。圭太と花映が持っているのにとてもよく似た小さな鍵が、鈍い銀色の光を放つ。

「こんなこともあろうかと思って、こっそりと作っておいたのさ。花映、おまえもう少し、セキュリティってものに気をつけた方がいいぞ。たとえ家の中でもな」

「うう……」

いやみたっぷりに言われて、花映はうめき声をふるわせた。

「でもって……どうしてのこのこ、こんなところまできたんだっていう意味なら……決まっている、こいつに文句を言うためさ」

夏川は憎々しげに言い、殺意さえしのばせた目つきで圭太を見る。

「おまえ……クビだ」

「えっ」

顎をしゃくられ、圭太は絶句した。そんな圭太に夏川はなおも言う。

「荷物をまとめてすぐに出ていけ。今日で解雇だ」

「ちょ、ちょっと待って」

動転した花映が割って入った。椅子から立ち、夏川に向かって足早に駆けよる。

「あ、あなた……このお店の責任者は私です」

「やかましい」

「きゃっ」

店のなかに、痛々しい爆(は)ぜ音が響いた。

花映が床にくずおれる。張られた頬を押さえ、柳眉を八の字にして夫を見上げる。

「な、なにをする」

思わず言葉に怒気がこもった。圭太も椅子から立ち上がる。くずおれた花映にあわてて駆けより、助け起こして抱きかかえた。

「おい。その女は俺の女房だぞ。気やすく触るな」

夏川は忌々(いまいま)しそうに圭太に抗議し、彼と花映を交互に睨んだ。

「俺が出るところに出て訴えたら、おまえなんかに勝ち目はない。その時点で、もう人生終了だ」

夏川は、Ａ４サイズかと思われる茶封筒を持っていた。封筒のなかに手を突っこみ、なにかを二人に乱暴にばらまく。

「……えっ」

「……ヒイィ」

それらを見た二人は息を呑んだ。

どうやら探偵でも雇ったらしい。ばらまかれたのは写真だった。

腕を組んで歩く楽しそうな二人や、ホテルに入っていくうしろ姿。仲睦まじげにホテルから出てきた瞬間の様子などが写っている。

「消えろ、雑魚（ざこ）」

もう一度、顎をしゃくって夏川は命じた。

圭太を睨みおろす眼光に、ますます不穏なものが宿る。

「な、夏川常務……」

「武士の情けだ。おとなしく俺たちのまえから消えるなら、これ以上ことは荒立てないでやる。とっとと消えろ、このウジ虫が」

イライラとした様子で、夏川はもう一度命じた。圭太は「うっ」とせつなくうめく。

「消えろ」

「常務……」

「消えろと言ってるんだ！」

「い、いやです！」

怒鳴る夏川に、そう答えたのは圭太ではなかった。花映である。

開きなおったかのように、完全に反旗を翻した。夏川がそこで見ているというのに、夫のまえで圭太を抱きしめ、彼にすがるかのような態度をとる。

（おおお……）

「おいおい、正気か、花映」

夏川は失笑し、あきれたように花映に言った。

「おまえ、次期社長夫人の座どころか、会社での居場所すらなくすぞ……」

「そ、そんなこと、怖くもなんともありません」

毅然とした口調で花映は言った。

しかし圭太にはわかる。その身体は、わずかに震えつづけていた。

（花映……）

その想い、しっかりと受け止めているよと無言の内に花映に伝える。震える身体を抱きしめかえした。夫が見ている目のまえで、彼の妻を熱烈に抱擁する。

「はあ……」

しばしの間、そんな二人をじっと睨んでいた。やがて夏川は、げんなりした様子でため息をつく。

「おい、ウジ虫。こんなくっそ面白くもない不感症女のいったいどこがいいんだ」

それは、小ばかにしきった態度と口調だった。憐れみさえ浮かべて夏川は聞く。

(哀れなのはおまえだ、ばか)

そんな夏川に、心で宣戦布告をした。

いとおしさをこめて花映を抱きしめたまま、圭太は夏川を睨みかえす。

「常務」

「ああ?」

「失礼だけど、あなたは世界一の大ばか野郎だ」

「……なんだと」

「圭太さん」

「こんなに素敵な奥さんがいるのに、その魅力にも気づかないで、くだらない女と遊び歩いて」

怒りとともに、圭太はうめいた。夏川は眉をひそめて彼を見返す。

「魅力って……こんな不感症女のどこに魅力があるって言うんだよ」

鼻を鳴らして嘲笑した。

キッと睨んでくる自分の女房を見下ろして、あからさまにばかにする。

花映がなにかを言いかけた。圭太はそんな人妻を、そっと制する。

「……ぎゃふんと言わせてあげましょうか」

そして、挑発するように言った。「なんだと」と夏川が色を成す。

「あんたの目のまえで……抱いて見せようか、この人を」

「えっ」

圭太の言葉に、花映も夏川も驚いたように目を見開いた。

「け、圭太さん」

「ウジ虫……」

「くっそ面白くもない不感症女なんですよね。そんな女房にうんざりして、ほかの女とやりまくって今日までできているわけだ。でもそれは、はっきり言ってあんたがくっそ間抜けな男だからだ。なにも知らないくせに偉そうに……この人がどんなに素敵な女性なのか、俺があんたに教えてやる」

「な、なにぃ……」

突きつけられた挑戦状に、動転しているのがわかった。夏川は赤黒く紅潮した顔をゆがめ、唇を嚙んでいる。

沈黙が場を支配した。

花映が何度もなにか言いたそうにするが、圭太は目顔で押しとどめる。

「い……いいだろう」

やがて、夏川がうめくように言った。超格下の現地採用スタッフごときになめられてたまるかと、ありったけの自尊心をかき集めたのかもしれない。

「そこまで言うなら、やってもらおうじゃないか」

「ヒイィ。あ、あなた……」

「どれだけこいつがいい女なのか、せいぜい悔しがらせてみせろよ。俺をぎゃふんと言わせられたら、裁判所に訴えることもやめてやる」

「い、いや。そんなのいや」

とうとう花映が悲愴な声をあげた。待って待ってと訴えるかのように、いやいやとかぶりをふって目のまえの圭太を凝視する。

「圭太さん。私、そんなのいやです」

「ううん、見せてやるべきだよ。絶対に」

圭太はやさしく、花映に言った。いとしい彼女の二の腕を包みこむようにし、俺に任せてとばかりにうなずいてみせる。

「圭太さん……」

夏川と花映にはなく、圭太と彼女には存在するものがあった。

信頼と絆(きずな)だ。圭太を見つめる花映の瞳がユラユラと揺らめく。圭太の目の奥を覗きこもうとするかのような、真剣な顔つきになる。

「見せてやるべきだ。花映さんのプライドのためにも。あなたの旦那が、いかに宝の持ち腐れだったか」

断言するように圭太は言った。

花映の美貌が、それまで以上の朱色に見る見る火照る。

それ以上、もう花映はなにも言わなかった。うなだれて、小刻みに身体を震わせる。

「フンッ」

そんな二人を忌々しそうに睨んだまま、夏川が鼻を鳴らし、邪悪に微笑んだ。

2

「はうう……圭太さん……」

「リラックス、リラックス。いつもの花映でいいんだからね」

「い、いつものって……」

「大丈夫。俺に任せて。んっ……」

「んはあぁ……」

圭太は改めて、狂おしいキスで花映を愛した。

花映は激しくとまどい、この期に及んでも、まだなお逃げたそうなそぶりを見せながらも、圭太に求められるがまま彼とのキスに身を委ねる。

そんな二人を、憎悪と侮蔑を満タンにした顔つきで、じっと夏川が見つめていた。

視界の隅でその存在を意識しながらの接吻は、これまでとは違う禁断の味わいに満ちていた。

駅前からは少し離れたラブホテルだった。

圭太たち三人はタクシーを飛ばし、そのホテルにチェックインをした。

部屋のほとんどを大きなベッドが占める、淫靡でムーディな客室である。深紅系のほの暗い間接照明が、薄暗く妖しい闇を作りだしていた。

ベッドのそばには、円形のテーブルと二脚の椅子がある。夏川はその椅子にドカッと腰を下ろし、足を組んでことのなりゆきを見守っている。

圭太と花映は、ベッドに横たわって行為をはじめた。軽くシャワーを浴び、どちらも身体に白いバスタオルを巻きつけただけの姿である。

部屋の三方は、いずれも鏡張りだった。さらに言うなら天井までもが、鏡でビッシリと覆われている。

ただ一箇所、ベッドの片側だけは透明なガラス壁になっていた。ガラスの向こうはバスルームで、脱衣所とバスルームの間は分厚いガラスの扉でしきられている。

「はうう、圭太さん……」

チュッチュと音を立てて生々しい接吻に浸りながらも、やはり花映は心ここにあらずだった。だがそれも無理はない。なにしろすぐそこで、まなじりを吊り上げて法律上の夫がこちらを睨んでいるのである。

「ごめんね、花映。でも俺……見せつけてやりたい、あいつに」

花映の耳元に口を押しつけ、囁き声で圭太は言った。言葉を囁くだけでなく、ねろねろと花映の耳のなかをいやらしく舌で舐めまわす。

「はうう、圭太さん……」

花映はくすぐったそうに首をすくめて身悶えた。

風呂上がりの美妻は、すでに髪をほどいている。烏の濡れ羽色をしたストレートの髪が白い枕からシーツへと流れ、波打つように位置を変えては甘い匂いをふりまいた。

「言ってやりたいんだ。こんなに素敵な人なんだって。俺のまえではこんなにも、自分を解放してくれるんだって。だからもう二度と、あなたのもとには帰さないって」

「け、圭太さん。あああ……」

「だから感じて。ね？　いつもと同じでいいんだから。いつもの花映を……ひどい亭主に見せつけてやって」

「はああァ……」

やさしく囁きながら、花映の身体からバスタオルを剝がした。

ついさっき熱いシャワーを浴びたばかりの女体からは、清潔なソープのアロマとじっとりと湿った、淫靡な体臭が湯気のように立ちのぼる。

「く、くうぅ。人の女房を……堂々と裸にしやがる……」

椅子の上で足を組みかえながら、憤怒の表情で夏川がうめいた。

「ああん、やっ、いやぁ……」

そんな夏川の存在を鏡を通じて感じつつ、圭太は花映の身体を反転させた。とまどう人妻を強引に、四つん這いの体勢にさせる。

恥じらいながらも女上司は、圭太にされるがままになった。

重力に負けて豊乳が、釣り鐘のように伸張する。圭太は見逃さなかった。乳の頂を彩るピンクの乳首は、早くもつんと勃起してくれている。

(驚くなよ、夏川)

圭太は改めて夏川に宣戦布告をした。このところの花映の成長ぶりを思えば、勝算はこちらにあると自信を持っていた。

「ああ、花映……花映」

いとしい人を呼び捨てにしながら、背後から媚肉にむしゃぶりついた。

——クチュッ。

「はあぁん。ああン、いやあぁ……」

その途端、花映の喉からは艶めかしい、我を忘れた喘ぎ声がほとばしった。

しかも裸身をビクンと震わせ、たった今、強い電流が裸の身体を貫いたことを、圭太にも夏川にもリアルに伝える。

「えっ……」

そうした花映の敏感な反応は、さぞ意外だったのだろう。

夏川が驚いたように息を呑むのがわかった。いいぞいいぞと思いながら、圭太は汗で湿った二つの臀丘をわっしとつかむ。

「花映、いいんだよ。いっぱい感じて。私、こんな女になれたのよって、冷たい旦那に見せつけな。ほら、ほら。んっんっ……」

――ピチャ。れろん。ピチャ。

「はあぁ、い、いやン、圭太さん。ああン、恥ずかしい。あっあっ……」

「恥ずかしいけど、けっこう感じるだろ？　決して不感症なんかじゃない。しっかり愛してもらえたら、こんなにエッチになれるんだって見せてやりな。んっ……」

半分は花映に、もう半分は夏川に聞かせるつもりだった。圭太はそっと囁きながら、舌を突きだして上へ下へと恥裂をあやす。

「ひいぃん」

時折不意打ちのように、クリトリスにも舌を這わせた。肉の莢からずるりと剝き、まる出しにした牝真珠を、コロコロ、コロコロとねちっこく転がす。

「ふわああァ。あ、あン、だめ。夫のまえで、こんなこと。あっあっ……」

「恥ずかしがらないで。はぁはぁ……いつもの調子で。つらかったね、花映。こんなに感じられるエッチな身体を持っていたのに、ちっとも開発してもらえなくて」

「ひはっ。ふはあぁ。そんな……ああ、困る……あっあっ、あなた……あああ……」

「ぬうぅ、花映……」

四つん這いにさせられた美しい人は、背後で見守る夫を気にした。

もとを正せば悪いのは、明らかに夏川のはずだった。それでもやさしいこの人は、罪悪感に打ち震えながらこのなりゆきに身を委ねている。

それもこれも、圭太を信じてくれているからだった。にもかかわらず、相当に不安でうしろめたくもあるだろうことも、圭太にはわかっている。

(大丈夫。大丈夫だから)

そんな花映に、心で圭太は語りかけた。

もにゅもにゅと、ゴムボールのような尻肉をまさぐりながら、伴侶の目のまえで堂々と彼の正妻の淫肉をしゃぶる。

「あっ、はあぁ、や、やン、どうしよう……キャン……ヒイィン、だめええエェ」

「えっ……ええっ？」

しつこく牝割れと陰核を舐められ、花映はいよいよ、本当の素顔をさらしはじめた。

夏川は思わず組んでいた脚をほどき、身を乗りだして妻を見る。

（そうだ。よく見ておけ、夏川）

してやったりと思いつつ、なおも圭太は舌をくねらせた。

花映の局所を執拗に責め立てる。花映はいちだんと淫らに尻をふり「ああ。いやン。あああ」といっそう艶めかしい声で泣いた。

数日に一度は必ず熱烈に愛しあい、そのたび決まってしつこいぐらい愛する女体を舐めてきた。

花映はそのことに、たまらない幸せをおぼえるようだった。夏川との夫婦生活では前戯など、ものの五分で終わってしまっていたという。

粗雑な扱いしか受けていなかった、経験の少ない女性なのである。感じたくても感じることなどできないのが、あたりまえというものだ。

花映がいつしか夏川に対して絶望をおぼえ、心も性感も閉ざしてしまったのは、どこまでも夫の側に原因があった。

圭太はその事実を張本人に突きつけたいばかりに、恥じらう花映を強引に、倒錯的な情事の場へと引きずりこんだのである。

だがじつを言えば、圭太の目的はそれだけではなかった。

「あっあっ……や、やだ、どうしよう……困る、困る……ひはっ、ひはあぁ……」

(いいぞ。いつもよりいやらしくなってきている)

エロチックな喘ぎ声をあげ、くなくなと身をよじる全裸の半熟妻に、圭太はいっそう昂ぶった。

日に日に開発され、女の悦びを臆面（おくめん）もなく露にするようになった花映は、卑猥な言葉責めがツボだった。また、思いもよらない刺激的な展開にも、日ごろの生真面目さや慎ましさをかなぐり捨て、我を忘れてのめりこんだ。

たとえば、ホテルのトイレのなかで戯れたことがあった。白状すれば、そのセックスでは花映に放尿さえ命じた。

必死に拒み、いやがりながらも、結局花映は小便をした。

恥ずかしさのあまり涙目にさえなりはしたものの、恍惚の表情で括約筋を弛緩させ、とんでもない姿を見られてしまうドMなエクスタシーに恍惚とした。

拒みたいと思う気持ちに、嘘偽りはないはずだった。

しかし、熟れへと向かうムチムチした肉体と開花しはじめた好色さは、持ち主の意志をうらぎって平気で暴走をするようになってきている。

もちろん、圭太をいとしいと思ってくれる気持ちが、花映の官能の中心にあることは言うまでもない。

だがそうではありながらも、花映のなかには下品な卑語や異常なシチュエーションにいっそう淫らに燃えあがる痴情の気質があることを、圭太はすでに確信していた。

そんな性癖を利用して、さらに今夜、花映を激しく燃えあがらせようと企んでいる。夫に見られながら我を忘れるほど昂ぶらせるだなんて、天が与えた、またとない女体開発のチャンスである。

「はぁはぁ……ほら、花映。こうすると、すごくいいんだよね？」

ピチャピチャと音を立てて羞恥の極芯を舐めしゃぶりながら、片手の指を臀裂の谷間に伸ばした。

渓谷の奥底では、媚肉におぼえる気持ちよさに呼応するかのように、淡い鳶色をした肛門がさっきからずっとヒクヒクしている。

――ヌチュッ。

「はあぁン。ああ、いやッ、圭太さん、そこはいやですッ」

「おお、か、花映……なんて声……」

「はぁはぁ……花映。今日もお尻の穴、ほじほじしながらマ×コを舐めてあげるね」

花映にも聞かせ、夏川にも聞かせた。

なおも吸いつく勢いでクンニをしながら、秘肛に押し当てた指先を動かし、ソフトに肛肉をあやしてほじる。

――ほじほじ、ほじ。

「きゃあアン。あっあっ。あっあっあっ。いやン、お尻の穴は……あああ」

「ほじほじしてるよ、花映。感じるんだね。マ×コもこんなにひくついて」

「いヤン、圭太さん。ああ、だめ……そんなことしたら……うあああ」

――ほじほじほじ。ほじほじほじほじ。

艶めかしく開発されつつある半熟の女体は、アヌスの感度も当初とは別人のように高まってきていた。

花映はそんな皺々の肉穴をやさしく執拗にほじられて、いちだんと妖しく身をくねらせる。どうしようもなく感じてしまっていることを物語るその尻は、それまで以上にプリプリとふりたくられ、背筋もいやらしく何度もしなる。

「ああ。ああああああ」

「そらそら、ほじほじしてるよ。気持ちいいでしょ」

「あっあっ。あああああ。ほ、ほじほじしないで。ほじほじだめです。だめぇ」

「気持ちいいくせに。そら、ほじほじほじ……」

わざと言葉でも「ほじほじ」というオノマトペを強調し、同時に指で肛華をかいた。

「ああん。ほ、ほじほじだめなの。ほじほじいやあ。ああ、そんなことされたら」

「ほじほじ嫌ぃ？」

「ほ、ほじほじ嫌ぃ。おかしくなってしまうもの。いやン、圭太さん。やめて……あっあっ、あああああ」

（おお、興奮する）

恥ずかしさと気持ちよさの官能的な二重奏は、花映の肉体をさらに痴女へと加熱していく。ほじられる肉穴が「やめて。やめて。でも気持ちいい」と内緒の思いを訴えるかのように、さらにせわしなく収縮した。

「はあぁ。んははあァ」

同時に責められる淫肉も、一緒に蜜穴を蠕動させた。さらに煮こんだ粘りが強く濃い汁を、ドロリ、ドロドロと溢れさせてくる。

「はぁぁん、圭太さん。うあああぁ」

夫に見られながらのまぐわいは、思ったとおりの効果を生んだ。クールで真面目な人妻は、いつも以上に艶めかしい好色な牝獣へと堕ちていく。

3

「ううっ、か、花映……」

たまらず背後で、夏川がうめいた。もはや座ってなどいられなくなったらしく、椅子から立ち上がり、フラフラとこちらに近づいてくる。

「あぁん、あなた……見ないで……見ちゃいやあ……」

「とかなんとか言って、興奮してるんでしょ、花映。いいんだよそれで。さあ、もっと見せてやりな。ほんとの花映を」

「あぁン、圭太さん……」

圭太に言われて、花映は激しくうろたえた。

「わからせてやるんだ、このばか亭主に自分の間抜けさを。もったいないことをしたって、嫉妬しながらのたうちまわらせてあげな」

「あぁん、圭太さん。そんな……そんな……ああ、だめ……ハアアアン……」

「うお、おおお……花映……おまえ……」

夏川はすでに夢遊病者のようだった。

自分の見ているものが信じられないとでも言うように、どこか呆(ほう)けた顔つきで、不幸を強いた妻を呆然と見つめている。

しかも、スラックスをはいたその股間は、すでに亀頭の形にもっこりと盛りあがっていた。気づいた圭太はにんまりと、口の端をつりあげそうになる。

「わかってるよ、花映。もう、こいつがほしくてたまらなくなってきたんだね」

恥裂と肛肉への責めをやめた圭太は、腰に巻きつけていたバスタオルをとった。

「ぐっ」

ブルンとしなって飛びだしてきたたけたはずれの一物に、夏川が目を剝いて硬直する。

「はうう……圭太さん……」

「嘘をついてもわかるよ、花映。ほら、おいで」

四つん這いになったまま、花映の身体からはすでにくったりと力が抜けていた。

「あああ……」

圭太はそんな全裸妻の手をとると、やさしくエスコートして浴室へと場所を変える。

「あんたはそこで見てな」

よろよろしながらついてこようとする夏川を、浴室へとつづくガラス扉のまえで制した。ここから先の出来事は、ガラスごしにしか見せてやらないつもりである。

「ううっ、花映……」

夏川は、尻子玉を抜かれでもしたかのようになったままだった。ピシャリとガラス扉を閉められて、悶々とした様子で場所を変える。

(見せつけてやる)

もうこの人は、俺のものだ——圭太は心でそう思いながら、シャワーのお湯を思いきり噴きださせた。

「はあぁぁん……」

シャワーヘッドの位置を調整する。もっちりとした色香を惜しげもなく放つ花映の裸身に、熱いお湯を浴びせてやる。

「あぁン、圭太さん……」

「風邪引かないでね、花映。どう、あいつに見せつけてるって思うと、いつもよりオマ×コ、ヌルヌルになっちゃうでしょ」

「そ、そんな……いじわる……はあぁ……」

ゲリラ豪雨にでも襲われたかのように、花映はあっという間にずぶ濡れになった。

艶めく髪がぐっしょりとなり、額に、頬に、肩に、背中にと、吸いつくように乱れて貼りつく。

バスルームのなかいっぱいに、白い湯けむりがもうもうと立ちこめた。

湯けむりはあっという間に充満し、寝とられ男が立ちつくす世界とは隔絶された、夢幻の趣漂う別空間へと変わっていく。

「花映、セックスしよ」

圭太は誘った。

「圭太さん。あああ……」

このとんでもない状況にまだなお激しくとまどいながら、花映は艶めかしく身をよじる。そんな美妻に圭太は囁いた。

「俺たちがメチャメチャ愛しあっていること、花映のばか亭主にいやと言うほど見せつけてやるんだ」

「ああァン……」

壁に手を突かせ、立ちバックの体勢をととのえる。ガラス壁の向こうには、さっきまで乳繰りあっていたベッドルームがあった。

すぐ目のまえに、夏川がいた。はぁはぁと苦しげな呼吸をくり返しながら、憑かれたようにじっとこちらを凝視している。

（見るがいい）

圭太はたまらなくいい気分だった。反り返る極太を手にとり、角度を変える。亀頭でラビアをかき分けて、蜜穴にヌチュッと先っぽを押しつけた。

「ひはあぁ、圭太さん……」

「おお、花映……花映……うおおおおっ」

――ヌプッ。ヌプヌプヌプッ！

「うあああああ」

「おおお、う、嘘だろう……」

ガラスの向こうで、夏川が目を剝き仰け反った。今目のまえで起きていることが、どうしても信じられないという顔つきだ。

(嘘じゃないぞ、夏川)

「あああ。圭太さん。圭太さあん。あああああ」

ズブズブと膣奥深くまで怒張を埋めながら、圭太は肛門をキュッとすぼめた。気を抜けば、すぐにも暴発してしまいそうな快さ。だが、そんな間抜けなまねはできない。

今夜もまた、花映の肉壺は妖しい毒の花のようだ。たっぷりと、粘りに満ちた淫蜜を分泌して、とろっとろにとろけきっている。

そんな発情肉が「きてくれた。うれしい。うれしい」と喜悦するかのようにして、何度も卑猥に蠢動する。

一刻も早くザーメンがほしいと訴えてもいるようだ。恐ろしいほどの締めつけぶりで男根を絞り、圭太に甘やかな戦慄をおぼえさせる。

「くうぅ。こ、今夜も、すごく濡れてるね、花映……」

圭太は根元まで、ズッポリと膣に肉棒を埋めこんだ。ひとつにつながった妻と間男を、曇ったガラスごしに、腰を折って夏川が覗きこんでいる。

彼が見ているのは、ペニスと媚肉が深々とつながるエロチックな眺めだ。

花映の肉壺からは、圭太の亀頭に押しだされるようにして、白濁した愛液が溢れだしていた。漏出した蜜は糸を引き、浴室の洗い場にネバネバとしたたる。

「はぁはぁ……マ、マジかよ、花映。おまえ、こんなに濡れて……」

「ああン、あなた……」

「さあ、花映。もっと気持ちよくなって。今夜も俺たちにしか行けない世界に行こう」

ほらほらもっと見ろと夏川を煽るかのように、圭太はいよいよ獰猛な牡の腰ふりを開始した。

「ひはっ」

——ぬちょっ。ぐぢゅ。ぐぢゅぢゅ！

「はあぁん。あっあっあっ。あああ、圭太さん。圭太さん。あああああ」

「おおお、花映……き、気持ちいい」

ついに圭太はこれ見よがしな、雄々しい抽送に身を委ねた。

勃起した牡塊がグチョグチョと蜜をかきまわし、ぬめる膣洞をえぐって、えぐって、えぐり抜く。

「はあぁん。あっあああぁぁ」

熱烈でサディスティックな、牡の身勝手さを横溢させた抽送だった。

下から上へと突き上げるかのようなかきまわしかたに、花映は歓喜を露にし、背筋を仰け反らせて今日も一匹のケモノになる。

「あおお、花映……や、やめてくれ……やめてくれえぇっ」

とうとう夏川が引きつった声をあげた。引きつらせているのは声だけではない。赤黒く紅潮した顔面も、無残なまでに引きつっている。

分厚いガラスに両手を押し当て、ぜいぜいと息を荒げた。見開いた両目は食いいるように、透明な壁の反対側にいる全裸の妻を見る。

「花映。花映えええっ」

「はあぁん、あなた……あっあっあっ。あああ、いや。どうしよう。ああああぁ」

「うおお、な、なんて声」

「はぁはぁはぁ……花映、いいよ。感じて。いっぱい感じて」

我を忘れたガチンコなよがり吠えだった。花映は目のまえのガラスを、熱い吐息でいっそう生々しく曇らせる。ガリガリと爪でガラスをかき毟った。

気持ちがよいのだ。たまらないのだ。苦悶する夫をまえに、いとしい別の男性に性器をほじくり返される被虐の悦びに狂乱する。

「あああ。うあああああ。圭太さん、どうしよう。こんなことされたらおかしくなる」

凜と澄んだいつもの声とは様相を一変させていた。

うろたえた声は不様にうわずり、甘い吐息が湯けむりにまぎれる。

「いいんだ、それでいいんだ、花映。言ってやりな、気持ちいいって。あなた、この人のち×ぽ、最高に気持ちいいって」

「ああああああ」

圭太は猛然と腰をしゃくり、ずぶ濡れのヒップにバツン、バツンとおのが股間をたたきつけた。やわらかな尻肉が震えてひしゃげ、大量の飛沫を飛びちらせる。

爪先立ちになった両脚がさかんに震え、健康的に張りつめた白い太腿が、肉を揺らしてあだっぽく締まる。

4

「圭太さん。圭太さあぁん。どうしよう。どうしよう。困るンン。うあああぁ」

「困る必要なんてない。感じてる花映をたっぷり見せておやり」

「あハアアァ」

圭太はうしろから、ググッと体重を乗せてずぶ濡れの女体を圧迫した。

バランスを崩した女上司は、目のまえのガラス壁と圭太の身体にはさみうちされる形になる。

「はあぁん。あぁあああぁ」

ムチムチした裸身が、ガラス壁にムギュムギュとプレスされた。湯に濡れた素肌がヌルッとすべり、耳に心地いい音を立てる。

(おお、エロい。最高だ)

圭太は花映を犯しながら、ベッドルームの鏡に映る彼女の姿に思わず見入った。

大きなおっぱいがガラス壁に押しつぶされ、まるい形を協調しながら無残なまでにひしゃげている。卑猥な行為と湯の刺激で、その裸身は薄桃色に火照っているのに、ガラスに圧迫された乳の色だけは白さが強いのもいやらしい。

平らにつぶれた乳房の真ん中には、行き場をなくしたように変形するピンクの乳首があった。

右の乳首は陥没し、乳輪のなかに窮屈そうに埋まっている。左の乳首はくにゅりと倒れ、いやらしく伸びきった姿でガラスの壁と擦れあっていた。

「あああん。圭太さん。うあああ。ああああああ」

獰猛な抜き差しで犯されるたび、ガラスに擦りつけられる乳房もまた、せわしなく円の直径を変えて大きくなったりもとに戻ったりする。

しかも、押しつけられているのはおっぱいだけではなかった。せわしない呼吸をくり返すやわらかそうな腹部もまた、容赦なくグイグイと圧迫されている。

ふくらんだりひっこんだりする腹の肉がさかんに音を立ててガラスを擦った。

形のいい臍が喘ぐように位置を変え、滑稽なまでに変形する光景にも痴情をそそるものがある。

「うおお、花映。花映えええええ」

こんないやらしい妻を見せられては、たまったものではないだろう。

夏川は今にも泣きそうな顔つきになり、両手をガラスについたまま妻のおっぱいにむしゃぶりついた。

「あああん、あ、あなた」

もろちん乳房など吸えるはずもない。目のまえに立ちはだかるのは、湯気で曇ったガラスである。それでも夏川は舌を飛びださせ、ガラスごしにれろれろと花映の乳首を舐めまわす。

「ああン、あなた……あなたあ。ああああああ」

「も、もう……我慢できない」

ガラスの向こう側を粘つく唾液でドロドロにぬめらせながら、もはやこれ以上は堪えられないとでもいうような性急さで、夏川は下着ごとスラックスを脱いだ。

なかから飛びだしてきたのは、隆々と反り返った勃起ペニスだ。

圭太のそれに比べたら、圧倒的にひけをとる粗チンのようである。しかし狂おしいまでの勃起ぶりには、粗チンも巨根もない。

死ぬほど興奮していると、同じ男として圭太にはわかる。

「ああ、花映。花映えええええ。はぁはぁはぁ」

ねろねろとガラスごしにおっぱいをしゃぶったり、花映の火照った美貌を舐めまわしたりしながらだった。

夏川は怒張を握り、しこしこと狂ったようにそれをしごく。

「はあぁン、あなた。あなたあ。ああ、そんなことしないで。やだ私……私イィ」

花映は気がふれたような声をあげた。

息苦しさにかられて空気を吸おうとする。ヒュウと喉が不穏に鳴った。

「か、感じちゃう。そんなことされたら、興奮しちゃう。おかしくなるウゥン」

ついに花映は淫らな昂ぶりを爆発させた。

取り乱した声で、感じる官能を言葉にする。

「おおお、花映……ああ、なんてエロいんだ。花映……花映！」

そんな妻の初めて見る姿にこれまた昂ぶり、夏川はガラスにガンガンと頭を何度も激突させた。すさまじい官能に憑かれたようになっている。

世界をわかつ厚いガラスに熱した吐息をつづけざまに吐き、何度も何度も曇らせては、猿のように自慰をする。

「はぁはぁはぁ。はぁはぁはぁ。おお、花映ええぇっ」

「どうだい、常務、わかったか。いかに自分がおろかだったか」

圭太は胸のすく思いで、心の趣くままに腰をしゃくった。

「あぁあ。うあぁあああ」

ぬめる秘園は奥の奥まで、ドロドロの愛蜜を溢れかえらせている。その上花映の牝唇は、「いいの、これいいの」と喜悦の叫びでもあげるかのように、くり返しいやらしく蠢動しては圭太の肉棹をムギュリ、ムギュリと締めつける。

（最高だ）

「おおお……花映……こんなばかな……ぐあぁあぁ……」

夏川は今にも泣きそうな顔つきで、息を荒げて男根をしごいている。ガラスに押しつけられるその顔は、不様に歪んで滑稽ですらある。

しかし夏川は、もはやガラスから離れられない。

すぐそこで展開される自分の妻の浅ましい痴態に視線を釘付けにされていた。嫉妬とネトラレの恍惚に溺れ、ついには猛るペニスまでをも、ガラス壁に押しつけて腰を振る。

「はぁはぁはぁ……花映……花映ぇぇぇぇぇ」

「さあ、花映……そろそろイクよ！」

圭太はふたたび立ちバックの体勢をもとに戻した。花映のおっぱいをガラスから離させ、うしろにヒップを突きださせる。

「ひいィン、圭太さん……はあぁん……」

夏川の目のまえで、伸びた乳房がたぷたぷと跳ねた。圭太は花映のくびれた腰を両手でつかむや、

「おお、花映。愛しているよ。花映、花映」

奥歯をググッと嚙みしめて、怒濤の勢いで腰をふる。

——パンパンパン！　パンパンパンパン！

「うあああ。け、圭太さん。ああ、き、気持ちいい。気持ちいいの。あああああ」

「くっそお、花映。花映、花映、花映。ぐおおおお」

荒々しさを増した圭太のピストンに、いよいよ花映は気が違ったように反応した。恥も外聞もない、ケダモノじみた叫び声を上げる。

そんな二人の恥悦を剝きだしにしたセックスに当てられ、夏川はますますべったりとガラスに貼りつく。頰がひしゃげ、顔がゆがんでいた。血走った目が見開かれ、食い入るように花映を見る。

その股間はカクカクとしゃくられ、反り返る怒張がガラスと狂おしく擦れあった。つぶれた亀頭がガラスと擦れあい、どぴゅっと先走り汁を粘りつかせる。

陰嚢も、ガラスにつぶれて平らになっていた。ふぐりの形をした湯気が、ガラスを

曇らせてひろがっている。

「ひいィン、圭太さん。すごい。すごいぃン。おち×ぽ、奥までズボズボきてる。気持ちいいの。あああああ」

「おお、花映。俺も気持ちいい。ほ、ほんとにもう出る」

ヒップと股間がぶつかりあう音に狂騒的な響きが増した。カリ首とヒダヒダが窮屈に擦れ、とろけるような気持ちよさが亀頭から全身に伝染していく。

グツグツと陰嚢のなかでザーメンが、泡立つほどに煮こまれた。二つの睾丸がうずらの卵のように跳ねおどり、とうとう逆巻く精液が、うずくペニスをせり上がる。

(もうだめだ!)

「ひいぃん。うあああああ」

最後の力をふり絞り、ズンズンと子宮に亀頭をめりこませた。うなりをあげて白濁が陰茎の芯を急上昇する。

「ああ、花映……興奮する。俺も興奮する。知らなかった。知らなかったあああ」

どうやら夏川も一緒のタイミングでアクメに突き抜けそうだった。クニュクニュとガラスに怒張を擦りつけ、爪でガラスをかき毟る。

「ひいいん、圭太さん。イッちゃう、イッちゃうンン。気持ちいいの。こんなにいいの初めて。初めてええ。あああ。あああああ」

もはや花映は、夏川のことなど眼中になかった。

その声はうわずって切迫感を増す。あんぐりと大きな口を開けて涎を飛びちらせた。

降り注ぐシャワーのせいで、髪も裸身も濡れねずみである。

ペニスを食い締めた蜜洞が、ウネウネと絶え間なく蠕動した。吐精寸前の雄棒をそんなふうに揉みくちゃにされ、圭太はもはや限界だ。

「あああ。もうダメエ。イッちゃう。イッちゃうイッちゃうイッちゃう。あああああ」

「花映、イク……」

「うあああああ。あっあああああああっ‼」

——どぴゅっ、どぴゅどぴゅっ！　ぶぴっ！　ぶぴぶぴ、ぶぴぴっ！

峻烈な快美感が、稲妻となって圭太を貫いた。ロケット花火になって天空高く打ち上げられたようなカタルシスにとらわれる。

爽快感でいっぱいになった。

背中に翼が生えたようなこの心地よさは、これまで体験したどの射精とも違う。

二回、三回、四回——ザーメンを吐く極太が雄々しい脈動をくり返し、花映の膣奥に精液をぶちまけた。

旦那の見ている目のまえで、その妻の膣にザーメンを注ぎこむ行為が、これほどまでの興奮と歓喜を伴うことを、今日、圭太は知った。

「はうう……圭太、さん……ああ、あああ……」

「か、花映……」

圭太の肉棒に膣奥深くまで貫かれたまま、花映はビクビクとずぶ濡れの裸身を震わせる。もはや力など入れてはいられず、ふたたび目のまえのガラス壁に、横顔とおっぱいを押しつけて自分を支えた。

「おお、花映……花映ええええ。くっそお……おおお……」

そんな花映のつぶれたおっぱいを、ふたたび夏川がれろれろと舐めた。

やはり彼も、圭太たちと一緒に達したようだ。ガラスに押しつけられたままの亀頭から汚い白濁が溢れだし、透明な壁にとろけた糊のように粘りついている。

重力に負けた精液が、ゆっくりと、地面に向かって伸びはじめた。夏川は鼻を啜って泣きじゃくり、歪んだ目元から次々と涙を溢れさせる。

圭太ははぁはぁと乱れた息を整えた。

勝利の美酒に酔いしれるかのような心境で、涙にむせぶ惨めな男を、そして――幸せそうになおもうっとりととろけきる、この世で最愛の人を見た。

終章

「いらっしゃいませ」

「いらっしゃ……ああ、どうも、オーナー」

花映につづいて、圭太も明るい声で客を出迎えた。

「その『オーナー』っていうの、いい加減、やめてくれないかしらね」

入ってきた美熟女は、鼻に皺をよせて苦笑する。ほどよく混んだ店内を満足そうに見ると、空いている席を見つけてそちらに向かった。

カウンターにいた圭太は、並んで立つ隣の美女を見る。

すると花映も圭太を見て、首をすくめて微笑んだ。

「けっこう入ってるみたいね、今日も」

注文をとるために席まで出向くと、椅子に座った熟女はねぎらうような笑みとともに圭太に言った。

藤田春子である。いつもながらの高価そうな服に身を包み、感心したような顔つきで改めてぐるりと店内を見まわす。

「おかげさまで。これもオーナーのおかげです」

春子のかたわらに直立不動の姿勢で立ち、折り目正しく頭をさげた。

「だから『オーナー』とか言わないでって言ってるの。ンフフ……」

春子は困ったように身じろぎをし、「いつもの、お願い」と圭太に言った。

圭太はそんな春子に大きくうなずき、

「かしこまりました」

もう一度深々とお辞儀をする。

「それにしても、本当にいいお店ね。いつきても感心するわ」

春子は店のなかを見て、うなずきながら圭太に言った。

「ゆったりしていて、居心地がよくて。お店っていうより、仲のいい友だちの家にでも遊びにきている感じ。しかも、コーヒーもおいしいっていうんだから最高よね」

「ありがとうございます」

圭太は春子に礼を言い、一緒になって店の中を見まわす。

たっぷりと採光できる、開放的な窓をとりいれた北欧風の建物。

店内のインテリアも北欧家庭を意識した、誰もがリラックスしてのんびりできる空間をイメージして創っている。

席数五十席ほどのこのショップは、花映と二人で一から創りあげた二人の共同作品だ。

もちろんコーヒーだって自家焙煎で、主力のオリジナルブレンド商品をはじめ、すべてのメニューが自信の逸品である。

夏川のまえで花映を強奪して見せたあの夜から、すでに一年以上が経っていた。

季節は十月。まさに秋たけなわの時期である。

結局、あれからほどなく花映は夏川と離婚した。めでたく、といってもいいだろう。

夏川は、花映を手放すことには相当なためらいを見せた。だが最終的には、腹をくくって泣く泣く妻を解放した。

執着したところでもはやどうにもならないということも、わかっていたのだろう。

離婚と同時に、花映は夏川珈琲を退職した。圭太もだった。

そしてそれから一年。

満を持して、圭太は花映と籍を入れ、二人で力をあわせて着々と進めてきた、オリジナルのコーヒーショップを開店させた。

のんびりとした、郊外の街。駐車場のスペースもたっぷりととったその店は、はっきり言って圭太と花映の財力だけでは開店に漕ぎつけられなかったろう。

だが。

――いいじゃない。私がサポートしてあげるわ。おやりなさいな。

そう言って、二人に救いの手を差し伸べてくれたのが春子だった。

いい土地もある、店のアイデアも、出したいコーヒーもしっかりとあるけれど先立つものがないんですとぐちる圭太に未亡人は、ほとんど二つ返事で大金をぽんと出してくれたのである。

そんなわけで、圭太と花映にとっては、春子は足を向けて寝られないたいせつな存在。しかし春子は持ちまえのフランクさで、ありがたがる二人を軽々とかわし「お客が入ってるのか心配だからくるんじゃないわよ。おいしいコーヒーを飲みながらのんびりしたいからくるの」と冗談交じりに笑っては、足繁く通ってきてくれるのだった。

「オーダーをいただきました。七番テーブルのお客様『二度目の恋』をご注文です」

「はい、ありがとうございます」

カウンターに戻って花映に言うと、満面の笑みとともに彼女は言った。

ちらっと春子のほうを見ている。すると春子は手をふって応えた。そんな春子に、花映はぺこりと頭をさげる。

（かわいい）

圭太は花映を見て、甘酸っぱく胸をうずかせた。

見られていることに気づいたのか、花映もこちらを向き、はにかんだように微笑む。

夢ではないのだと、ばかみたいに舞い上がった。

圭太は毎日そんな風に、いつだって舞い上がりつづけている。

オリジナルブレンド「二度目の恋」の名付け親は圭太だった。

ほろ苦さと甘さが絶妙にミックスした深い味わいのフレーバー。最初の恋に失敗した大人だからこそしみじみと旨いコーヒーは、今日もけっこうな数が売れていた。

「いらっしゃいませ」

「あ、いらっしゃいませ」

入ってきた新たな客に、二人一緒に明るい声で挨拶をした。

圭太と花映が夢見た広場のような賑やかさが、今日も二人の店のなかに、いっぱいになって溢れていた。

（了）

※本作品はフィクションです。作品内に登場する団体、
人物、地域等は実在のものとは関係ありません。

女上司は半熟

〈書き下ろし長編官能小説〉

2020年3月23日　初版第一刷発行

著者……………………………………………庵乃音人

ブックデザイン…………………橋元浩明(sowhat.Inc.)

発行人…………………………………………後藤明信
発行所……………………………………株式会社竹書房
〒102-0072　東京都千代田区飯田橋2－7－3
電　話：03-3264-1576（代表）
03-3234-6301（編集）
竹書房ホームページ　http://www.takeshobo.co.jp
印刷所……………………………中央精版印刷株式会社

定価はカバーに表示してあります。
乱丁・落丁の場合には当社までお問い合わせ下さい。
ISBN978-4-8019-2211-2 C0193